転生したらスライムだった件
10th ANNIVERSARY BOOK
転スラX

転生したらスライムだった件 10th ANNIVERSARY BOOK

転スラX

REGARDING REINCARNATED TO SLIME TENSURA

２０１３年２月「小説家になろう」で投稿が始まった
『転生したらスライムだった件』。
投稿から徐々に人気を獲得していき、
２０１４年５月に満を持して書籍化。
すると、人気は一気に爆発し、漫画化やアニメ化によって
『転スラ』は日本だけでなく世界に知れ渡る。
当時のＷＥＢ投稿作品において主人公が魔物、
しかも最弱のイメージが強いスライムに転生するという設定は
かなりの異彩を放っていた。だが、『転スラ』の大ヒットにより、
多種多様な設定の作品が誕生するようになる。
「新星《ニュービー》」だった『転スラ』は、異世界転生作品の
新時代を切り拓いていったのだ。
そして、２０２３年２月。ＷＥＢ投稿から10周年を迎え、
10月には最新21巻の発売、11月には新作アニメの配信と
記念イヤーに相応しい盛り上がりを見せている。
原作者である伏瀬先生をはじめ、
『転スラ』作品に携わった方々との10年の歩みを凝縮して
完成した『転スラX』。
ＷＥＢ投稿時代からの読者はもちろん
コミックスやＴＶアニメから『転スラ』を知ったファンも必携の
１冊となっているのでじっくりと読み進めていただきたい。

INTRODUCTION

一匹のスライムから
始まった物語は
時間も空間も超え
加速していく……。

『転スラX』で
リムルたちの世界に
改めて没入して
ほしい。

CONTENTS

103 メモリアルメッセージ（敬称略）

川上泰樹 …… 104
岡霧硝 …… 105
戸野タエ …… 106
柴 …… 107
茶々 …… 108
明地雫 …… 109
もりょ …… 110
カジカ航 …… 111
中谷チカ …… 112
高田裕三 …… 113
岡咲美保 / 豊口めぐみ / 前野智昭 / 日高里菜 …… 114
古川慎 / 千本木彩花 /M・A・O/ 江口拓也 …… 115
大塚芳忠 / 柳田淳一 / 泊明日菜 / 福島潤 …… 116
小林親弘 / 山口太郎 / 山本兼平 / 石谷春貴 …… 117
大久保瑠美 / 田中理恵 / 花守ゆみり / 櫻井孝宏 …… 118
寺島拓篤 /TRUE …… 119
田所あずさ /STEREO DIVE FOUNDATION …… 120
MindaRyn/ 熊田茜音 …… 121
菊地康仁 / 中山敦史 …… 122
小菅秀徳 / 生原雄次 …… 123
江畑諒真 …… 124
伊勢直弘 / 尾木波菜 / 仲田博喜 …… 125
吉川友 / 篠崎彩奈 / 宮下雄也 / 松田岳 …… 126
七木奏音 / 杉咲真広 / 北村諒 / 萩野崇 …… 127
りゅうせんひろつぐ / 棚架ユウ / ぶんころり …… 128
ブロッコリーライオン / 白石新 / 三嶋与夢 …… 129
槻影 / 一色一凛 / 樋辻臥命 …… 130
アロハ座長 / ジャジャ丸 …… 131
堀井雄二 …… 132

133 プレミアムギャラリー

転スラ展ギャラリー …… 134
新聞広告ギャラリー …… 136
コラボギャラリー …… 138
BONUS GALLERY リムルコレクション …… 146

伏瀬先生 書き下ろし小説 ミザリーの同僚評価 …… 149
あとがき …… 158

10th
ANNIVERSARY
BOOK
TENSURA X

05『転スラ』10周年 A to Z

1巻対談 …… 6
2巻対談 …… 8
3巻対談 …… 10
4巻対談 …… 12
5巻対談 …… 14
6巻対談 …… 16
7巻対談 …… 18
8巻対談 …… 20
9巻対談 …… 22
10巻対談 …… 24
SP ギャラリー みっつばーイラスト!! …… 26
11巻対談 …… 28
12巻対談 …… 30
13巻対談 …… 32
14巻対談 …… 34
15巻対談 …… 36
16巻対談 …… 38
17巻対談 …… 40
18巻対談 …… 42
19巻対談 …… 44
19巻 幻のイラストギャラリー …… 46
20巻対談 …… 48
21巻対談 …… 50
作者分析 伏瀬先生 1問1答！ …… 52
熾烈さを増す天魔大戦‼ 両軍主力キャラ最新ステータス …… 56
天魔大戦 激闘の軌跡 …… 64
リムルとシエル 休憩時間 …… 66&102

67 広がる『転スラ』ワールド

10年の軌跡を辿る『転スラ』年表！ …… 68
漫画『転生したらスライムだった件』解析 …… 70
スピンオフ漫画 解析 …… 74
『転生したらスライムだった件 ～魔物の国の歩き方～』
『転生したらスライムだった件 異聞 ～魔国暮らしのトリニティ～』
『転スラ日記 転生したらスライムだった件』
『転ちゅら！ 転生したらスライムだった件』
『転生しても社畜だった件』
『転生したらスライムだった件 クレイマン REVENGE』
『転生したらスライムだった件 美食伝～ペコとリムルの料理手帖～』
『転生したらスライムだった件 とある休暇の過ごし方』
『転生したら島耕作だった件』
TV アニメ第1期 映像解析 …… 82
TV アニメ第2期 映像解析 …… 84
TV アニメ『転スラ日記』映像解析 …… 86
劇場版アニメ『転生したらスライムだった件 紅蓮の絆編』映像解析 …… 88
アニメ『転生したらスライムだった件 コリウスの夢』映像紹介 …… 90
TV アニメ第3期 映像紹介 …… 91
舞台 解析 …… 92
アフターステージ‼ 尾木波菜さんSPインタビュー!!! …… 93
アプリゲーム『転生したらスライムだった件 魔国連邦創世記』解析 …… 96
アプリゲーム『転生したらスライムだった件 魔王と竜の建国譚』解析 …… 97
一番くじ歴代フィギュアコレクション！ …… 98

『転スラ』10周年 A to Z

原作小説の1巻から最新21巻までを伏瀬先生と担当編集者が「いつもの会話」で振り返る！　伏瀬先生の一問一答企画、みっつばー先生のイラストも満載!!

NOVEL Vol.1について

伏瀬先生
伊藤編集
対談

みっつばーコメント
右も左も分からないまま頂いたライトノベルというジャンルとのご縁。原稿読了後、とにかく感じたままの興奮を絵にしたという感じです。

伊藤　それでは1巻から話していきましょうか。1巻の最後はシズさんのエピソードで終わるのですが、リムルが転生してからランガたちの話とドワーフの話、そしてシズさんの話といった感じで、話が全部分かれているんですよね。だから1冊にするときに、シズさんの転生後の過酷さとリムルの転生後の能天気さみたいな対比で1巻をまとめたいなと。ここまで伏瀬先生と話したかわかんないけど。

伏瀬　してましたね。そもそも1巻というのがWEBで練習がてらに書き始めた部分なんですよ。だからバトルの長さとかまちまちになっています。というのも思いつくままに書いているからなんですが。書籍の話が来て書き始めたのが1巻ですが、何の指摘もないまま、まとめたんですよ。誤字脱字をなくして綺麗にして、読みやすいようにちょっと直しただけ。だからこの1巻は1週間ぐらいで初稿にまとめ直したんですね。当時は「楽勝！」と思ってたんですが、そこから長～い打ち合わせが始まったんです。伊藤さんから「これは駄目、まず視点がブレてる」とか「これは全部直してください」から始まって……。

伊藤　ここまで強く言ったかなぁ(笑)。

伏瀬　「今これを誰が考えているのかがわかりにくい」「視点の修正」とか細かい指摘をいろいろと受けて、そういうところを気にしないといけないよねっていうのを初めて理解しました。そこから原稿を修正していたんですが、シズさんのエピソードの話もそのタイミングで出て、閑話という扱いでシズさんの今までのエピソードをまとめて、再構築したんですが、2～3週間くらいかかったかな。こっちの方がよっぽど時間がかかるという感じで。だから2巻からは視点のブレや再構成とかを最初から修正したんですけど、改稿に1ヶ月以上かかったんですよ。それでもまだまだ楽をしようと思っていたんですが、楽勝じゃなくなっていくのが3巻以降なんです(笑)。

シズさんの過去がつらすぎる

伊藤　シズさんがどういう経緯で今の状態になったのかというのを欲しかっ

たのは確かで、断章として入れてもらいましたけど、ここまで悲しいエピソードにするとは思ってなかった。

伏瀬　だって本編と対比になるような内容にしてくれって言ったから(笑)。元からある感じで悲しいエピソードを入れればいいのかなみたいな。伊藤さんが、シズさんの不幸な生い立ちをもうちょっとフォーカスしてまとめて、リムルの能天気さを際立たせるようなエピソードにしてねって言ったじゃないですか。

伊藤　それにしても悲しすぎるでしょ！　でも、それだけ自分の感情が揺さぶられたから、これは必要だろうと思って残しましたけど。こんなに悲しいエピソードにするんだと思いました。『転スラ』はずっと真っすぐで楽しい話が多かったから余計に刺さりましたね。

伏瀬　楽しいのはリムルの周りだけですよ。リムルから離れたらやばい世界なんです。

伊藤　でもここまでのエピソードにしてくるんだと思って。キツいなって思いながらも、だからこそ良いのかなと。1巻ではそれがすごく記憶に残ってますね。

伏瀬　隙あらばバッドエンドです。

伊藤　なんてこと考えるんだこの人はと思いましたね。始めて出来た友達を自分の手で殺すハメになったあげく、そこから自分を救ってくれた勇者もいなくなっちゃうんですよ。どんだけシズさんが可哀想なんだと！　だから、スピンオフの『転スラ日記』やアプリゲーム『まおりゅう』とかでシズさんの笑顔が見られて僕は嬉しいです。

リムルから離れたらヤバい世界なんです。

転スラSpecialコラム
WEB投稿から10周年！

伊藤　「小説家になろう」に『転スラ』を投稿してから10年になるわけですが、どんなお気持ちですか。

伏瀬　やっぱり10年はすごいです。

伊藤　いつの間にか感がありますよね。いまだに最近伏瀬先生に書籍化の声をかけたぐらいの気持ちですよ。

伏瀬　10年かけてまだ完結できてないのが不思議ですけどね（笑）。

伊藤　不思議ですね～（笑）。

伏瀬　一番初めに5巻まではいきたいっていう話をして。何があってもいけるって言い始めたのは3巻辺りからだったと思います。

伊藤　人気次第では打ち切りの可能性もありましたから。5巻完結の終わり方も決めていたんですよね。

伏瀬　WEB版で書いていないバッドエンドルートでいこうと決めていました。

伊藤　『まおりゅう』に収録されたお話ですね。

伏瀬　そうです。でも結局バッドエンドはなくなり、「10巻を目指そう」「10巻までに完結させたいね」っていう話に途中から変わっていきました。

伊藤　そうでしたね。あと『転スラ』という作品は「GC NOVELS」の立ち上げと同時に出した作品でもあります。

伏瀬　新レーベルかつ書店にも『転スラ』で初参入しますよっていう感じで、市場の反応がまるでわからない中、何部刷るのが正解かすらも、手探りでしたね。

NOVEL Vol.2について

伏瀬先生
伊藤編集
対談

みっつばーコメント 鬼ヶ島をイメージしたイラストだったと記憶してますが、今振り返ると色が薄すぎて迫力に欠けます、反省…。

伊藤　次は2巻ですね。

伏瀬　これは大きな戦闘シーンとか全部変えたんで1ヶ月ぐらいかけて考えました。

伊藤　そうでしたね。初めから伏瀬先生が自分で変えるということで、作中のツッコミ所を修正してまとめてもらいました。いろんな勢力の視点で時系列も変化していたので、そこは最初にちょっと整理させてもらったくらいですかね。

伏瀬　そのくらいですね。1巻のときに比べたら改稿はそんなに大変では無かったです。だから初めに、改稿は伊藤さんがやってくれませんかって交渉したんですよ。

伊藤　あた……おかしいでしょ！（笑）

伏瀬　今「頭おかしい」って言いそうになりませんでしたか（笑）。

伊藤　そんなことはないです（笑）。

伏瀬　WEB版があるし、新しい話を書いていきたいから1回書いたやつを書き直すのが作業みたいで嫌だったんです。国語の宿題をやってるみたいで、強迫観念がすごいから伊藤さんの好きなようにまとめてほしいなって。

伊藤　めちゃくちゃ（笑）。

伏瀬　でも「できるわけがないでしょ」みたいな感じで、駄目だったんですけど。言葉の温度感が違ったからこれはマジで言ってるなって。お茶目な提案だったのに（笑）。

登場キャラクターの変化

伊藤　2巻では中庸道化連が出てきますよね。

伏瀬　これは良いアイデアだったかなと思っています。WEB版の後半に登場するキャラも始めから物語に絡ませておいた方が良いよねっていうことで出しました。

伊藤　でもそれが影響してどんどん話が変わっていくことになるんですけどね。

伏瀬　裏で陰謀が張り巡らされてる感をここで出していこうと思ったんです。ポッと出のキャラにあとでかき回されるよりも物語に深みが出るかなと。

伊藤　面白かったですけどね。

伏瀬　そのおかげでキャラが全部変わ

キャラ設定や方向性が変わった原因が2巻。

ったんですよ。キャラの設定や方向性も全部変わった原因が2巻に入っているわけです。8巻や9巻を書いてる辺りで「他の作家さんは自分のプロットをお弟子さんとかに書いてもらうことはあるんですか」っていうような話をしたときに「出版社と作家の契約だから、作家さんが契約の中で誰に何を書かせたところで出版社が管理するところではない」みたいなこと言われて。「じゃあ、誰が改稿しても良いじゃん！」って。でもこのタイミングであとはおまかせしますと言っても、ここまで内容が変わったらもうまかせられない（笑）。

伊藤　ちょっと記憶にないですね（笑）。でも実際できないんですって。改稿をまかせたいって言っても伏瀬さんは絶対自分で管理したいですから。

伏瀬　WEB版を綺麗に直していくだけなら多分何も言わなかったと思います。

伊藤　いや無理ですね。伏瀬先生のこだわりがありますから。改稿をやってもらったとしても「違うなあ」となってできないんですよ。

伏瀬　自分にはこれぐらい良いかっていうのは許されるけど、他の人がこれぐらいで良いでしょうって言うと「良いわけあるかい！」ってね。

伊藤　間違いなく そうなります（笑）。

転スラ Special コラム

リムル誕生はスポーツジム!?

伊藤　リムル誕生の経緯を教えてもらえますか？

伏瀬　転生ものでも、何か違う方向性のものがいいなと思って魔物に転生する物語にしたんです。それで、人間と敵対する勢力で書こうとして、何に転生させようかと考えていました。始めはオーガでもいいなと思ったんです。でも、それだとひねりが足りないかなと悩んでいて、スポーツジムでスライムを思いついたんです。

伊藤　ジムで思いついたんですね。

伏瀬　今はジムに行ってないですけどね（笑）。とにかく物語はスライムだとすごく書きやすかったんです。

伊藤　もともとは最弱の設定だったんですか？

伏瀬　弱そうな見た目で、実は強いのがいいなとひらめいたんですよ。

伊藤　そのイメージはやっぱり『ドラゴンクエスト』のスライムですか？

伏瀬　そうですね。でも書いてないだけで不定形だから叩いても刺しても攻撃が効かないので、実は一番やばいという設定です。能力はTRPGに登場するスライムのイメージなんですよ。

伊藤　そんな経緯で誕生したリムルが主人公の『転スラ』ですが、「小説家になろう」でのランキングやポイントは、最初の頃どんな感じだったんですか？

伏瀬　何も反応がなかったですね。練習だから僕も気にしてなかったです。2ポイントくらいついて、誰か読んでるんだなくらいのイメージでした。当時はポイントの価値がインフレしてなかったので1、2ポイントでも結構大きかったんです。確か100ポイントくらいで累計と日間のTOP100に入っていたと思うので、50ポイントついた日は、「すげえな今日は！」っていう感じでした。

伊藤　ランキングはどのくらいでしたっけ？

伏瀬　1位になったことはなくて、日間で2位くらいが最高順位だったような気がします。ただ、初めて感想を書いていただいたのが『望まぬ不死の冒険者』の丘野優先生だったので、これは幸先いいなって思いました。

伊藤　それは自信に繋がりますね。やはり感想は執筆の原動力になりますか？

伏瀬　なってましたね。感想が来るようになってからは毎日感想をチェックするのが楽しみで書いていたところがあるかもしれません。

伊藤　では感想がない日が続いていたら『転スラ』の執筆をやめていたかも？

伏瀬　やめていたでしょうね。ライブ感で書いてましたから。

NOVEL Vol.3について

伏瀬先生 伊藤編集 対談

みっつばーコメント ポップに可愛くを意識して、必ずミリムというキャラを印象付ける！ という意気込みなイラスト。描くの楽しかったです。

伊藤 「コミカライズ決定」のときですね。3巻のエピソードは少なかったんですよね。

伏瀬 まず初めに、WEB版における3巻のエピソードはボリューム的に絶対に書き足さないといけなかったんです。じゃあ4巻の内容から持ってこれるかってなるとキリが悪過ぎて無理でした。なので、打ち合わせで3巻は予定していた内容でまとめつつ、オリジナルエピソードを交ぜて、話を綺麗に再構築して完成させたんです。

伊藤 そうですね。これもやっぱりミリムっていうかなりパワーのあるキャラクターが登場したからなんですよね。

伏瀬 伊藤さんからミリムをもっと活躍させてくれって強く言われて……。だからミリムの見せ場として、みんなが苦戦してる敵をドカーンとぶっ飛ばす。「主人公の役目でしょ」って言われたけど、そこまで力の差があるならしょうがないというのと、WEB版では少し適当に仲間にしたキャラを書籍版ではもうちょっと丁寧に組み合わせて書いています。

伊藤 今の自分の感覚だと結構怖いことしたなと思っているのが、ミリムの容姿をWEB版から変えたじゃないですか。人気キャラってわかってるのに容姿を変える選択肢を取ったのは割と強気だったなって(笑)。

伏瀬 ちなみにミリムの容姿変更については僕が原案じゃないですよ。イラストレーターさんを決めるときに「ミリムはこんな感じでもいいと思うんですよね」って、今のミリムに似た感じのキャラを伊藤さんが打ち合わせで出してきたんですよ。じゃあ変えた方がいいのかなと思ったのと、WEB版はルミナスとミリムの雰囲気が被ると自分でも思っていたんです。それでミリムの容姿を変えようとしたら「変えちゃうんですか?」って。僕に変更の責任を押し付けようとしましたから(笑)。

伊藤 してない、してない！

伏瀬 ミリムの容姿変更では誰の責任か、で高度な心理戦を繰り広げました(笑)。

伊藤 たまたま可愛い絵を見つけたんで「ミリムはこんな感じでもいいです

仲間にしたキャラを丁寧に組み合わせました。

ね」っていう話はしたんですけど、正直ここまで露出度が高くなったのはみっつばーさんのせいです(笑)。

みっつばーさんのデザインがすごい

伊藤 それにしてもみっつばーさんの存在は大きいですね。

伏瀬 めちゃくちゃ大きいですよ。

伊藤 ちょっと話がそれちゃいますが、『転スラ』は少年漫画風のテイストでやりたかったので、そういう意味では一番合ってたんじゃないかと思います。

伏瀬 基本的に僕は嫌なものは絶対受け入れないタイプなので、最初にみっつばーさんのイラストを見たときにいいなと思ったから「良い絵ですね」って伊藤さんに伝えました。動きがあって深みがあって。

伊藤 そうですね。メディアミックスすればするほど、みっつばーさんのデザインの良さが活きる感じです。

伏瀬 特徴がはっきりしてますよね。

伊藤 ラノベのキャラクターデザインって作家さんの希望通りにすると結構既存のキャラクターに似てしまうことが多いんです。それが良いこともあるんですけど、『転スラ』では明らかにキャラクターの個性が出ているので、みっつばーさんのおかげです。

伏瀬 デザインはこちらのお願いをかなり聞いてもらっていますし。

伊藤 キャラのイメージはやっぱり個性が強い＝自分の世界を持ってるっていうことなので、そこが強く出すぎると『転スラ』の世界ではなくなってしまうことがありますからね。

伏瀬 でもお互いの意見を出しつくして上手くバランスが取れたときは本当に良いデザインになります。

伊藤 伏瀬さんが出してくるキャライメージは、レジェンド作家の方々が描いたキャラのイメージが多いじゃないですか。そのキャラっぽくと言われたら、なかなか新しいデザインが出来上がりにくいんですよ。やっぱり元のデザインが完成されちゃってるんで。

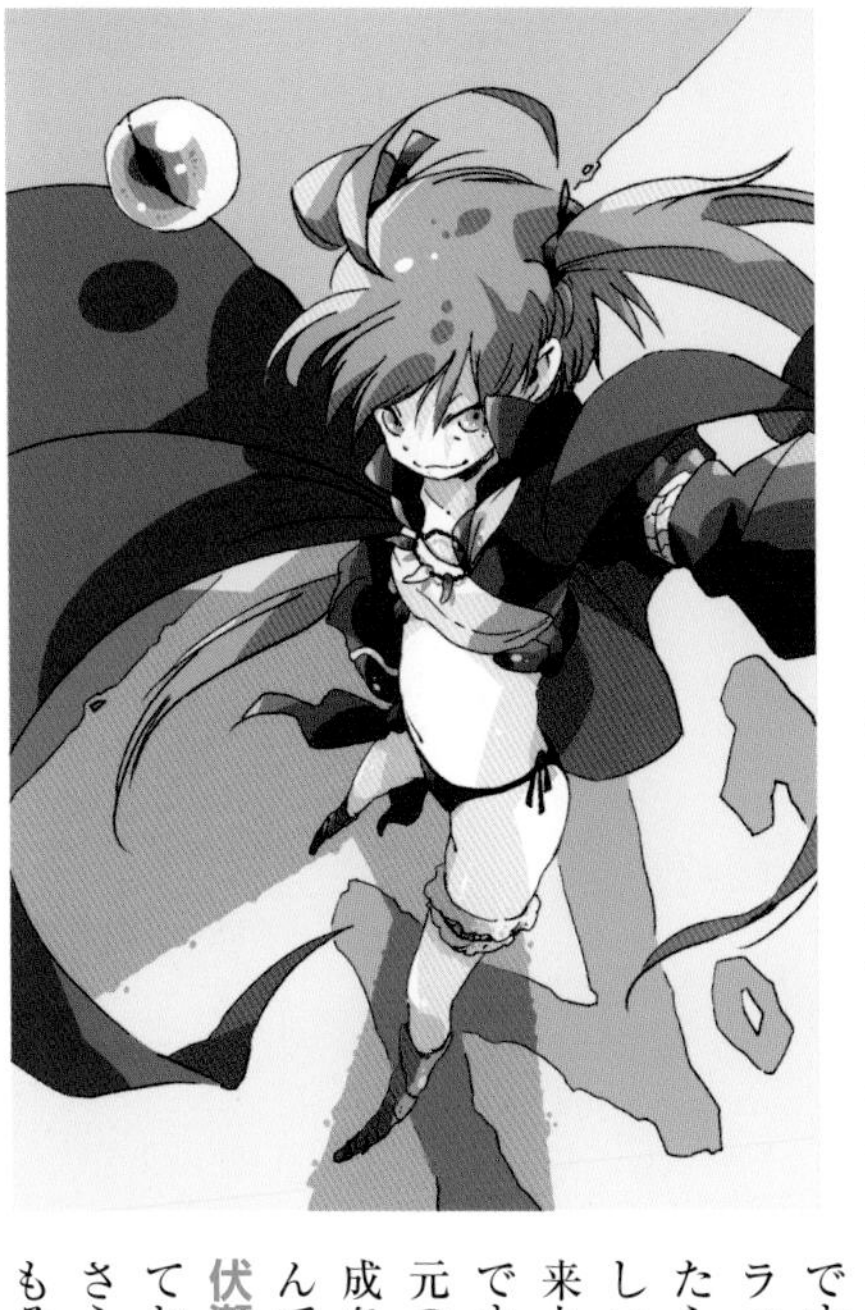

伏瀬 僕が押さえておきたい点を押さえるとどうしてもそうなっちゃうんですよね……。

伊藤 どうしてもそれはあると思います。だからこそみっつばーさんの絵は個性があっていいんですよね～。

伏瀬 シルエットで誰か分かるいいデザインです。

伊藤 ですね。3巻はこんなところですか。途中からみっつばーさんのすごさを語っていましたが。

伏瀬 要するに3巻は水増しっていうことで(笑)。

伊藤 言い方がちょっと良くないなぁ。

転スラ Special コラム

コミカライズのタイミング

伏瀬 1巻を出してすぐぐらいに講談社さんからコミカライズの連絡がありました。伊藤さんもどこかでコミカライズしたいというのがあったので「乗っからない理由がない」って(笑)。当時はコミカライズの重要性をちっとも理解してませんでしたね。

伊藤 そうですね。なろう系作品でコミカライズというのが当時はそこまで広まってなかったんですよ。

伏瀬 実際、コミカライズについては「小説読めばいいじゃん」というのが僕の中にもありましたから。

伊藤 ただ、そのとき「GC NOVELS」には僕しかいなかったんですよね。

伏瀬 だから講談社さんには僕ひとりで挨拶に行ってこいって送り出されて……。

伊藤 いやいや！ そんな言い方はしてませんよ(笑)。ただ、コミカライズでは僕もいろいろ学ばせてもらいましたね。

NOVEL Vol.4 伏瀬先生 伊藤編集 対談について

みっつばーコメント　1枚の中でポイントとなるモチーフが多い絵ですが、ルーズソックスがメインの見どころになってくれれば！　と思いながら。

伏瀬　4巻はシズさんのキャラクター像が決まりましたね。

伊藤　そうですね。

伏瀬　1巻のときはまだ決まってなくて、4巻を経て初めてシズさんがどういう人だったのか、ある程度のキャラクター像が完成します。

伊藤　だから4巻以降に出たコミカライズもそうなんですけど、シズさんの性格がまろやかになってるんですよね。

伏瀬　1巻のシズさんとコミカライズのシズさんで別人かっていうぐらい違います。

伊藤　初期のシズさんはレオンに会う目的が復讐とかそういう感じのイメージだったんですが、4巻では子供たちのためにレオンに会いに行くという目的が明確になったんですよ。1巻では若干レオンに対する憎しみみたいな部分が見えてたけど、実はシズさんって別に憎しみを持っていなかったという感じになったんですよね。とにかく人のために何かをしようとするキャラクター像が固まったので、なんだか聖母みたいだなって(笑)。あと、ここで言いたいエピソードがあります。4巻の最後で、リムルがヒナタにやられて「リムルどうなった!?」という感じで終わるんですが、その続きを読者のみんなに4ヶ月とか待たせるのは良くないから連続刊行しましょうって伏瀬さんが自分で言ってきたんですよ。

伏瀬　あの頃はイケイケだった……(笑)。

伊藤　僕も望むところですよ、やったりましょうって。

伏瀬　大変だけどそんなの関係ないですよという感じで、伊藤さんもノリノリでしたね。5巻を1ヶ月で仕上げましたし。その5巻の改稿をしていたときに「地図が欲しい」って言われたんで、地図を描いて送ったんです。

伊藤　あれ？　そのときでしたっけ。

伏瀬　めちゃくちゃタイミングの悪いときにこんなこと言ってきます？

伊藤　本当に作家のことを考えてないやつがいるもんですね！

伏瀬　忙しくて細かい修正ができなかったからちょっといい加減なんですよね。あの地図に関しては僕の関与するところではないと言いたいんですが。

WEB版からヒナタの設定が全部変わった。

伊藤　でも大元は伏瀬さんの書いた地図ですから。

伏瀬　だからそれがいまだに漫画で使われ、アニメで使われて、何かこれが主になってしまったんです(笑)。あくまでもイメージ図だから作り直して欲しかったな……。

伊藤　国土の大きさや距離感とかね。

伏瀬　その辺は全部無視したイメージですからね。これを尺度の基本にされたらそりゃあちょっと合いませんよっていう話になっちゃいます。読者の方からツッコミが入っていましたし。この国は海に面していないけど海岸線があったとかね。そんなん知りません(笑)。

伊藤　確かこの当時、すごく地図が欲しいという感想をもらっていて、作らんといかんなと考えていたんだと思います。

ヒナタの好感度を上げたい

伏瀬　4巻ではヒナタが登場するんですけど、打ち合わせのときにWEB版にあったヒナタとニコラウスの関係について伊藤さんから「入れません。絶対に駄目です」と言われました。もう相談じゃなくて決定事項でしたから。

伊藤　『転スラ』の読者層に小学生や中高生とかが結構見えてたんですよ。実際少年漫画っぽい絵や男の子がかっこいいと感じるような部分とかを考えていると、ヒナタのエロシーンはいらんだろうって。

伏瀬　それは強く言われましたね。

伊藤　ほかのラノベを作るときはエロを入れたりするんですが『転スラ』はちょっと違うかなって。

伏瀬　ただ今になって正解だったなと。親戚にも『転スラ』を書いていることがバレてるから(笑)。ヒナタのエロシーンを入れてたらヤバかったね！

伊藤　入れないで良かったですね。

伏瀬　ちなみにそのおかげでヒナタのキャラクターが全部変わりました。少なくともWEB版ではヒナタの人気は全然なかったですし、めちゃくちゃ嫌われてたから「くそ～」と思ってたんです。外したなと。

伊藤　僕もそのことを念頭に置いてましたから。

伏瀬　WEB版のように勢いで書いていたときは嫌なやつだと思わなかったんですが、読み直してみたらこれは嫌われると思いましたね。

伊藤　基本的に主人公と敵対して、話を聞かないっていう時点でマイナスですからね。

伏瀬　だからもうちょっと良いキャラクターになるように修正したんです。

伊藤　たまにそれがキャラクターのフォローをすごくしてるなって思うときがあるんですが……。

伏瀬　それは実際に言われましたよ。「ちょっとフォロー入れすぎてませんか」って。「良いじゃないですか、これぐらいしないとみんなノッてくれませんよ」みたいな感じで押し通しましたけど。感想とかでも「ヒナタを贔屓しすぎてませんか」って言われてましたけど、贔屓して何が悪いの！

伊藤　そういうとこですよね。伏瀬さんのイメージ悪くなっちゃいますよ(笑)。

転スラ Special コラム

『転スラ』を売り出した伊藤編集！

伏瀬　新レーベルでの書店さんへのアプローチ方法は天才・伊藤編集の戦略があったんですよね。

伊藤　いやいや、そんなものはないですよ！　単純にそのとき、WEB連載小説のジャンルが昇り調子になってきていたので、その波に上手く乗りたいなと思っていたくらいで。

伏瀬　そういえば『転スラ』は判型について相談しましたよね。個人的には子供にも読んで欲しいので600円ぐらいの文庫本がいいんじゃないかと言っていました。でも伊藤さんの天才的戦略で今の判型になったんですよ。

伊藤　単純に採算を考えると文庫だとキツくて……、伏瀬さんにはすごく理解をしていただきました。価格は伏瀬さんの要望に応えて1000円にしたんです。

伏瀬　税金の計算をしやすい方が良いと思ったんですよ。

伊藤　そうだったんですね(笑)。それは初耳でした。

NOVEL Vol.5 について

伏瀬先生 伊藤編集 対談

みっつばーコメント 絵柄も塗りもすごく迷いが生じてきた時期でした。せめてリムルとディアブロが並んだときの関係性は表現できるようにと！

伊藤　4巻に載せる地図を作ってもらいつつ、短時間で書いてもらったのに結構評価の高いのがこの5巻です。

伏瀬　結構頑張りました。WEB版ではディアブロが完璧超人みたいな感じだったのが、ちょっとおちゃめな一面を見せたり。

伊藤　そうですね。

伏瀬　これは伊藤さんから「完璧でいった方がいいんじゃないの」という指摘があったんですが、強気で押し切りました。

伊藤　僕はどちらかというとWEB版からキャラクターがちょっと変わっちゃうけど大丈夫ですかという感じで聞いたんですよ。

伏瀬　伊藤さんはWEB版のキャラクター性をいじることに抵抗感がありますよね。

伊藤　ミリムを提案しといてね（笑）。

伏瀬　でもあの提案だって外見のデザインであって中身じゃないから。

伊藤　たしかに。あと、ここでリムルが使う〝神之怒《メギド》〟のイメージはいくつかありましたっけ?

伏瀬　最初から太陽をイメージしていて、太陽と言ったら虫眼鏡だろうと。一点集中して焼き尽くす攻撃が頭に浮かびました。ただ、普通に当てるよりも、いくつもの光を束ねて攻撃しようとすると作中の形になったわけです。〝神之怒《メギド》〟を制御する理屈として、水の精霊で反射鏡を作って、凸眼鏡状にして、その眼鏡は太陽光の熱量で壊れないかといった問題を頭の中で考えていましたね。最後に、集めた光は方向転換くらいできるといった理屈をつけました。

伊藤　〝神之怒《メギド》〟はWEB版を捕足した感じですね。

伏瀬　そうです。

異世界人の不幸な結末

伊藤　ここでは日本人が敵として登場します。

伏瀬　ショウゴ、キョウヤ、キララの3人は異世界人が兵器として存在している実例を挙げておきたくて出しました。加えてファルムス王国のような大国はユニークスキル持ちを何人も抱えているという紹介でもありますね。大

〝神之怒《メギド》〟はWEB版を捕足した感じですね。

きな力を持って道を外したらこうなる危険性があるというのを表現したんです。

伊藤　異世界人を兵器として召喚するときは条件をつけるんですか？

伏瀬　３人に関して言うと兵器としての力を得るために心の弱いやつ……。願望だけ大きくて、自制心が弱いタイプが呼び出されています。ファルムス王国の人間が、制御しやすいやつを召喚したというのもあって作中のような性格になっています。あと、正しい師匠や友人に出会えなかったらこうなるよっていう感じですかね。

伊藤　そこが3人にとっては不幸でもありましたね。

伏瀬　伊藤さんは誰がキララを倒すのかについては不安だったんですよね？「ショウゴがキララに手をかける展開はさすが」だと言ってくれましたけど（笑）。

伊藤　キララは戦闘職じゃなかったんで、展開によっては読者の後味が悪くなるかなと思っていたんです。

伏瀬　キョウヤみたいに危険極まりないやつはすっきりとハクロウに倒させました。

転スラ Specialコラム

転スラランキング！

作中キャラクターの日常における特性を伏瀬先生に質問！

テンペスト足自慢
1位 ソウエイ（スキル使わなくて普通に速い）
2位 ランガ
3位 ベニマル

テンペスト腕相撲自慢
1位 ゲルド（土木作業の効果は伊達じゃない）
2位 シオン
3位 クロベエ

テンペストモテ王（男性）
1位 ベニマル（ラブコメ主人公属性はモテる）
2位 ソウエイ
3位 ゲルド

テンペストモテ王（女性）
1位 シュナ（正統派ヒロイン属性でモテる）
2位 シオン
3位 テスタロッサ

作中グルメ王
1位 ヒナタ（グルメというより食いしん坊）
2位 リムル
3位 ミリム

作中歌上手
1位 シュナ（透明感のある美声で心を浄化）
2位 フレイ
3位 トレイニー

作中音痴王
1位 ラミリス（現時点では）
2位 リグルド
3位 アダルマン

作中画伯王
1位 レイン（画家としても活動している）
2位 クレイマン
3位 ハクロウ

作中画伯王（絵心無し）
1位 ガビル（繊細な筆致ではある）
2位 ディアブロ
3位 ゴブタ

作中長風呂王
1位 フレイ（羽を1枚1枚洗って乾かし、整えているため）
2位 ルミナス
3位 ヒナタ

作中美文字王
1位 テスタロッサ（丁寧な字で読みやすい）
2位 レイン
3位 ハクロウ（達筆）

作中オシャレ番長
1位 シュナ（服職人なのでセンス抜群）
2位 カガリ
3位 ダムラダ

作中朝が弱い選手権
1位 ヒナタ（朝はご機嫌ナナメ、低血圧気味）
2位 ウルティマ（起こすな危険）
3位 ラミリス

NOVEL Vol.6 について 伏瀬先生 伊藤編集 対談

みっつばーコメント　意気揚々と乗り込む中でキャラは自信、読者は安心を感じてもらえる。そんな絵になればいいなーなんて。

伊藤　6巻はコミカライズの単行本が出たときですね。だから発売日を調整したんでしたっけ。講談社さんが小説の発売日に合わせてくれたのかな。

伏瀬　このときは講談社さんが合わせてくれましたね。コミカライズと同時発売だったんですよ。テレビでCMが流れ始めたのがこの辺の時期かな。

伊藤　この辺りから本当に本が分厚くなってます。内容を詰めこみましたよね。

伏瀬　初稿を出したときに結構文字数が多くなったから、シュナの戦いは自分でカットしたんですよ。そうしたら初稿を読み終わった伊藤さんから怒りの電話が……。「なんでシュナの活躍がなくなってるんすか!」って。いらないかなと思って結果だけさらっと報告したら「駄目でしょ」って言われました。

伊藤　怒りじゃないですよ、呆れてですよね(笑)。

伏瀬　文字数が増えるっていう話をしたら「そんなの関係ない。いるもんはいるんですよ!」と言ってましたから。

伊藤　もうページ数のことは気にしなくなってきたんですね(笑)。

伏瀬　初稿を出し終わったあとに追加でシュナ戦を全部書いているから増えますよ。

伊藤　でもシュナの活躍を飛ばしたらダメなんです!

伏瀬　(笑)。

伊藤　あと、6巻の口絵ではリムルたちがスーツを着ているんですが、これはいつもと違う衣装でキャラが勢ぞろいするシチュエーションが好きなのでやってみたんです。

伏瀬　伊藤さんから提案があって、僕も「良いですね」って言いましたね。

伊藤　みっつばーさんも今回みたいなテーマは好きだったようなので、スーツでお願いすることになったんです。僕が見たかったというのもありますが。

伏瀬　権力を使ってますね(笑)。

伊藤　決してそんなことはないですよ!(笑)

やりすぎたクレイマン

伏瀬　この巻はクレイマンがやばいんですよね。デザインを「かっこ良く描いてくださいね」って注文したんです。クレイマンの情報を修正して、内容を考えていたんですけど、我々が思ってた以上にめちゃめちゃかっこ良いデザインが上がってきて「これ退場させるんですか!?何考えてんの?」という話になりましたからね。だからクレイマンにはかっこ良く退場してもらいました。

伊藤　中庸道化連との関係性でちょっとホロッとさせるという話になって、すごく良いキャラになったなと思います。

魔王たちがどんどん出てきて熱い巻。

伏瀬　みっつばーさんのデザインを見た瞬間、「何でこんなにかっこ良くしちゃったの?」って思いましたね。

伊藤　だからこそ「退場か～!!」みたいな感じになりましたね。あのデザインが出た瞬間にCVは子安（武人）さんになる運命が決まってたような気がする（笑）。

伏瀬　みんながそこに向かっていましたね（笑）。かっこ良くしてって確かに言ったけど「ここまでするの?」って思いましたから改めてみっつばーさんのキャラデザイン力に度肝を抜かれました。

伊藤　実際6巻は本当に盛り上がりますよね。魔王たちがどんどん出てきて、それはもう熱い巻だなって自分でも思います。

伏瀬　伊藤さんから1巻分の中で登場させるキャラクター数は絞った方が良いというウンチクをすごく言われてたんですけどね。

伊藤　（笑）。

伏瀬　でもそれは多分無理という話をしていて、6巻を書いてるときにはどんどん新しいキャラが出てくるし、7巻になると何人出てくるんだってくらいゾロゾロ出てきてキャラ数のセオリーだけは守れてないです。

伊藤　僕もだんだんそういうのを気にしなくなってきてますよね。

伏瀬　伊藤さんから「デザインは何キャラ起こせばいいんですかね」って苦情が来て、「一瞬で消えるキャラはなしでいいです」みたいなやりとりがありました。

伊藤　でも一瞬で消えるキャラなのに、ちょっと良い感じのエピソードが入ってたりするんですよね……。

転スラ Special コラム

『転スラ』はプロットがない

伏瀬　僕は基本プロットを書かないので、書籍化が決まってから書き方について伊藤さんに聞いたことがあります。

伊藤　僕もこんな感じでやられてる方がいますよとお話ししたんですけど、結局書いてくれませんでしたね（笑）。

伏瀬　『転スラ』は「出来上がったもので語る」ということです。

伊藤　原稿できそうですかって聞いたら「脳内では完成しました」と言われたこともありますね。当時は半分冗談だと思って聞いてたんですけど、実際そういう書き方をされるんだなっていうのを実感しました。

伏瀬　メモもしないから忘れるんですよね。「良いアイデアを思いついたぞ！　明日書こう!!」と思って、寝て起きたら忘れているんです。

伊藤　もったいないなあ（笑）。

NOVEL Vol.7について 伏瀬先生 伊藤編集 対談

みっつばーコメント
ヒナタの強者感をクールに表現したつもりが、クール通り越して怖さが勝っちゃいました…。

伏瀬 キャラ数の話が続きますが、7巻は特に聖騎士たちが何人出るんだって感じです。WEB版だけじゃなくて、書籍版から新たに追加されたキャラクターがいるんですが、出す必要あったのかって感じです。
伊藤 本当ですよ。実際ほとんど出てこないじゃないですか。
伏瀬 不思議なこともあるもんですよね(笑)。
伊藤 あとヒナタをいかに自分勝手じゃないキャラにするかっていうのが7巻に詰まっていますよね。
伏瀬 そうでしょう。ヒナタがラーメンを食べるエピソードなんかはもう絶対必要だと思いながら書いています。ここでヒナタの人間性が見えてくるんですよ。
伊藤 そうなんですよね。
伏瀬 普段は人の話を聞かずピシッとしてるのに食べ物に弱い。皆このギャップでやられるんですよ。ヒナタの好感度を上方修正させるため、人間性を出すために頑張りました。
伊藤 そして暗躍していた七曜の老師が出てくるんですね。
伏瀬 元々は勇者クラスではないですが、すごい人たち。ルミナスへの信奉が暴走して、行ってはならない方向に行ったんです。
伊藤 ルミナスにも原因があるんですよね。
伏瀬 彼らに無関心すぎたというのがやっぱり一番の原因です。
伊藤 あと七曜の老師はWEB版からかなり設定が変わっていますよね。
伏瀬 書籍版では黒幕をしっかり作っておかなければならなかったというのもあって、七曜のみなさんには全ての悪事を背負ってもらいました。

キャラ作りは感覚が大事

伊藤 これでもかと新キャラが登場した7巻ですけど、伏瀬さんは感覚でキャラ設定を作ってますよね。
伏瀬 そうですね(笑)。
伊藤 参考にする資料なんかも全然用意してくれないですし。『転スラ』に関してはキャラの設定表が存在しませんからね。みっつばーさんにイラストを

CONVERSATION

ヒナタの好感度を上方修正させるため頑張りました。

お願いするときは、必要最小限の資料だけいただきますけど。

伏瀬　でも僕が用意する資料は『聖闘《セイン》士星矢《トセイヤ》』と『疾風《かぜ》伝説《でんせつ》 特攻《ぶっこみ》の拓《たく》』がほとんどですよ。

伊藤　『特攻《ぶっこみ》の拓《たく》』を参考資料にするのも難しいんですよ（笑）。一度もらった参考キャラが別のキャラでも届くこともありましたし。

伏瀬　参考キャラが被るっていうね（笑）。参考キャラを出しても同じ感じにはならないので、忘れちゃうんですよね。

伊藤　全く同じはダメですからね（笑）。でもみっつばーさんは資料にひっぱられることなくイラストを仕上げてくれるわけです。この対談が収録される10周年本のカバーイラストも描き下ろしてもらいましたが、リムルがマニキュアを塗っているのとかみっつばーさんらしいなって思いましたね。

伏瀬　僕からは絶対に出ないような表現が反映されるので、本当に良い相乗効果になってるなって思います。

転スラ Special コラム

迷ったときは電話！

伏瀬　執筆で迷ったときや悩んだときは伊藤さんに電話をして、雑談をしていると頭の中が整理されて大体自己解決します。

伊藤　僕は基本的に「はい、はい」って聞いてるだけです。

伏瀬　でも最近は忙しいのかあまり電話に出てくれなくなりましたよね。

伊藤　電話は出ますよ！　ただ積極的に「こういうのはどうですか」っていうやりとりは減りました。

伏瀬　アニメになる前までは毎日のように電話してたんですけどね。放送される辺りで仕事が増えて雑談してる時間がなくなりましたよね。

伊藤　それはあります。

伏瀬　忙しいのは僕もわかってるから雑談であまり引き止めるのもなと思いつつ悩んだときだけ電話します。

伊藤　雑談しても良いですけどね。愚痴が長くなることもあるから……（笑）。

伏瀬　でも僕が愚痴ったら100倍返ってくることもありましたよ。

伊藤　その節はすいませんでした！（笑）そういえば最初はチャットツールで打ち合わせをしていましたよね。

伏瀬　基本建設業界は、契約書ありきだから文字に残しておきたかったんです。

伊藤　ただ、内容を全部文字にするとどんでもない量になったので電話になりましたね。

伏瀬　1万字超えましたから。今は大体口約束で大丈夫です（笑）。

NOVEL Vol.8について

伏瀬先生 伊藤編集 対談

みっつばーコメント
この国でこのキャラたちと一緒に暮らしたいと思えるような絵になるように。描くの大変でした（笑）。

伏瀬　物語にもようやくひと区切りついて8巻&9巻がお祭りになります。

伊藤　ここは結構どうしようか話しましたよね。まさか祭りの準備だけで1冊終わるとは思わなかったのでびっくりしました。

伏瀬　書いてる途中、「悪いんですけど、祭りが終わらないです。準備だけで、祭りまで行きそうにないです」みたいなことを言いました。

伊藤　終わらないならもう仕方ないですよね。

伏瀬　だから準備編と割り切って書いたという感じです。

伊藤　あとは、ここまでで結構色んな種族が出てきましたけど各種族の寿命もある程度イメージされてましたよね。

伏瀬　そうですね。エルフが一番くらいなんですけど、ドワーフも結構長命種ですね。オーガなんか70年くらいの寿命をイメージしています。人間の寿命も都心部の人間なら１００年くらいですが、辺境の農村部になると50年くらいになる感じです。栄養状態が良くなり、ストレスを感じない環境でなら１００年くらいは生きるだろうなという感じです。

伊藤　基本は１００年に満たないくらいの寿命が普通なんですね。

伏瀬　そうですね。あとは進化で寿命が変化する感じです。

トレイニーさんのキャラ崩壊

伊藤　あとはトレイニーさんのキャラが崩壊して登場してますが、あのキャラ崩壊は決めてたんですか？

伏瀬　決めてました。ラミリスへの一番駄目な甘やかしっぷりという感じですね。

伊藤　この辺りから最初はしっかりしているキャラもいつの間にかおかしくなっている印象です。トレイニーさんもここでキャラクターが崩れたので、コミカライズになったときは最初から少しくずれた感じに描いているんですよね。

伏瀬　最新情報が漫画に反映されますから。

伊藤　そんな感じでキャラクターが変わっていくので、書籍版のあとから描

トレイニーさんはラミリスの甘やかし役。

いているコミカライズの方がキャラの解像度が高いのが悩ましいところです。

伏瀬　登場キャラが多いので全キャラを描写しきれていないんです。登場時はキャラが固まっていなくて、あとで固まることもありますし。だから、コミカライズではそういったキャラ描写や小ネタを挟めるんですよ。

伊藤　川上先生の汲み取り方も上手いですから。

伏瀬　他で言うと『転スラ日記』は本編以外の描き下ろしも含めて拡大解釈してくれていて、「ここまでならありそう」を突き詰めてくれています。『転スラ日記』のトレイニーさんの崩しは割増されてますけど（笑）。

伊藤　だから伏瀬さんがやらない感じの崩し方ではありますよね。

伏瀬　そうですね。僕の崩し方を超えて崩すパターンが多いので、チェックのときにそれぐらいならいいですよって言っています。クレイマンのときだけ「こんな愛されキャラにしたら、退場させるのがつらくなるのでやめた方が良いんじゃないですか」って言ってただけです（笑）。

伊藤　でも『クレイマンREVENGE』でクレイマンを愛されキャラにできた要因は『転スラ日記』でのキャラ崩れが大きいですよね。

伏瀬　あと、トレイニーさんがポテチを食べるのは川上先生が漫画で初めて出して、それを柴先生が拾って『転スラ日記』ではポテチキャラになってます。カガリのシュークリームキャラは『転スラ日記』から漫画本編に取り入れられて、最後に原作で拾っているんですよ。

伊藤　『転スラ』は各作品が影響を受け合ってますよね。

伏瀬　柴先生の崩しは面白い味付けになっているから、結構取り入れるパターンが多いです。

転スラ Special コラム
なろう時代の執筆について

伊藤　WEB投稿していたときは1話を何時間くらいで書いていたんですか？

伏瀬　2時間か3時間です。1日5000字を目指して書いていました。

伊藤　仕事の空き時間に書いていたんですよね？

伏瀬　当時はほとんど仕事しなくなってて、「小説家になろう」をずっと読んでました（笑）。それで、僕でも書けるかなと思って投稿を始めたんです。絶対やれるっていう自信がありました。

伊藤　実際にやれているから、何も言えないです。物語を考えるというのは、昔からやってたんですか？

伏瀬　TRPGでゲームマスターをしていた影響が大きいです。キャラクターや話を考えていたんですよ。

伊藤　『転スラ』は読んでいて上手いなと思います。欲しいと思う展開が欲しいときに来ますから。

伏瀬　ゲームマスター感覚でキャラや話を動かして、読者さんの反応を見て次の行動を決めるというのは一晩でやってましたね。だから夜に投稿して朝までについた感想に返事をしながら話の展開を考えていました。

伊藤　読者さんの反応で変えてたんですね。

伏瀬　ライブ感、勢いですよ。考えていたプロットを変えるから、投稿したあとで後悔することもありました（笑）。実際、リムルが魔王になってからの展開は全部ライブ感で書いています。

NOVEL Vol.9について
伏瀬先生
伊藤編集
対談

みっつばーコメント あまり笑顔を描くタイミングがなかったので、目一杯羽をのばした感じで。子供描くとこっちも心が軽やかになります。

伏瀬　9巻は丁寧に書いたらこんだけ分厚くなりましたっていう感じです。WEB版では表現しなかったようなことをいろいろと書いていったら分厚くなりました。

伊藤　WEB版では確か武闘会だったんですよね。

伏瀬　それがすごく不評だったんです。だからやめたんですけど、今度は「何でなくすんですか」って。WEB版の連載中は誰もそんなこと言ってなかったのに「前の方が良かった」と。

伊藤　満足してる人は声を上げないですから。

伏瀬　それを強く理解しました。

伊藤　やっぱり良いと思ったら「良い」と言ってくれるのが嬉しいですよ。

伏瀬　そうしないと不満の声が大きく聞こえるんですよね、満足してる人はそこまで言わないから。でも良かったこともあるんですよ。自分でも武闘会で能力をつまびらかにするのはあまり良くないだろうとは思っていたんです。今から仲良くしていこうという人たちの前で武力を見せつけてどうすんだよと。WEB版のときは、ノリと勢いで強さをアピールしたんですが、いざ物語として考えるとその必要はないなと思ったのでやめたんです。

伊藤　WEB版のような強さ議論が好きな人も、もちろんいますが……。

伏瀬　そうなんですが、話の筋としては多分書籍版が正解だろうと思うんです。

伊藤　キャラの話題にすると、ゴブタとランガが合体しますけど構想は決まっていたんですか。

伏瀬　決めてましたね。ゴブタを本編の最終決戦について行かせる方法としてランガと合体させました。特にランガが獣型のままだと、敵を出すのが難しいというのもあったんですよ。なのでランガを活躍させるための策でもあります。

伊藤　合体後のデザインもかっこ良くしてもらいました。

伏瀬　あとはマサユキの話を増やしたくらいかな。やられキャラとして、このあと出す予定の貴族たちをここで出して10巻でボスに繋がるように仕込み

ディアブロは基本的に退屈している。

を入れていきました。９巻に祭りを持ってきたのはいいんですが、今度はちょっと文字数が足りなかったのでいろいろ膨らませたんです。

伊藤　そうだったんですね。ところで原初の悪魔はそれぞれヤバい逸話がありますけど、ディアブロもシズさんとの過去の他にも動いているんですか？

伏瀬　ディアブロに関しては書き下ろしを書いてもいいなとか思ってたんで、結構いろいろなやつがあります。世界を滅ぼしかねない暴君と手を組んで暴れ回った時期があったとか、どこかの大臣の秘書をやってこき使われていたことがあったとか、そういうエピソードがある感じです。

伊藤　ぜひ読んでみたいですね。

伏瀬　基本的には退屈しているやつなんで、召喚相手によって好き放題していた感じです。

伊藤　原初の悪魔の中だと誰が一番騒動を起こしているんでしょうか？

伏瀬　ウルティマかな。目的と手段が逆転しているキャラなんですよ。目的は受肉なんですけど、受肉をするための騒動を楽しむのがメインになっているんです。

伊藤　迷惑極まりないですね（笑）。

伏瀬　受肉するために部下を動かすんですけど、部下も受肉より「今回すごいことやってやりましたぜ！」みたいな感じがウルティマに喜ばれることが多いので勘違いしてるやつが増えています。それでルールを無視してやりすぎると粛清されちゃうんですね。

担当編集はルミナス教信者？

伊藤　それに関連する話かも知れませんが、あとがきに「先ず大事なのはプロットでしょうね。プロットと言っても漠然としすぎているので、もっと具体的に言いましょう。出すキャラとイベントを、先に書き出しておく!!」って書いてある（笑）。

伏瀬　ずっと前から言われてましたからね。

伊藤　僕との会話も書かれていますが、「他にも、キャラデザが大変だとか、いろいろと理由はあるんですけどね」。多分これが一番言いたかったんだと思います。あと「ルミナスの勢力を強化する為にもここは主要なキャラを増やしたいのです！」という伏瀬さんに「なるほど！　わかりました」って。

伏瀬　伊藤さんはルミナスの名前を出せば大概許可が下りるんです。

伊藤　僕がいつの間にかルミナス教に入信している（笑）。これだと作中でルミナスが活躍しまくると僕のせいになりそうだなあ。

伏瀬　まとめると仕込みとか含めて書いていたら分厚くなったのが９巻です。

転スラ Specialコラム
伊藤編集と『転スラ』の出会い

伊藤　新レーベルを立ち上げるとき、WEB投稿の小説を書籍化するのが、伸びていた時期だったんです。そのとき「小説家になろう」で面白いなと思ったのが『転スラ』でした。

伏瀬　ランキング60位くらいのときに声をかけてもらいました。

伊藤　完結したときには順位が「ガッ！」と伸びましたよね。俺が選んだ作品はすげえって思いましたから（笑）。

伏瀬　書き始めてから半年以上出版関係から反応がない中、初めて声をかけてくれたのが伊藤さんです。

伊藤　最初というのは僕もびっくりしましたよ。僕は豚頭帝《オークロード》編まで読んだ時点で、これは面白いと思って声をかけましたから。

伏瀬　そのときはもう天魔大戦でレオンの話が終わってるくらいだったと思います。

伊藤　書籍化するとなってから数ヶ月で完結しましたからね。

NOVEL Vol.10 について

伏瀬先生 伊藤編集 対談

みっつばーコメント 慣れない構図とキャラで何かを掴んできた絵でした。なので今でも勝手にマリアベルに感謝してます。

伊藤　10巻からは、ほとんどオリジナルストーリーですよね。

伏瀬　最初はちょっと文字数が足りないかなと思うんですが、途中からだんだん文字数が増えてきて……。伊藤さんから「それ毎回言ってますよ」とツッコまれるんです。

伊藤　最新巻ごとに同じこと言ってますからね。あと毎回言っているのが「WEB版が使えないんですよ」（笑）。

伏瀬　10巻なんてWEB版の原型がないですからね。

伊藤　WEB版が使えないことをアピールしてくるんですが、7巻からガラッと変わったのでもう基本的にWEB版は使えなくなっちゃってます。締め切りに間に合わないときのアピールとしては効果がないので騙されませんよ（笑）。

伏瀬　極論を言えば2巻が初めだったんですけどね……。起点がそこというだけで6巻も何だかんだでキャラとか大幅に変わってるし。武闘会はWEB版だとコンパクトにまとめてたよねっていう内容が8&9巻になっています。

伊藤　結局WEB版を参考にしてないですよね？

伏瀬　してないですね。10巻のときは本当に参考にならないなって。なのでWEB版をもう一度自分の中でまとめ直しました。

伊藤　ちなみにWEB版を読み直すこともないんですか？。

伏瀬　ないですね。あとでWEB版を見たときに同じエピソードを書いていて、使えば良かったと思うことはあります。でも読み直すのが面倒くさいんです。ゼロから書くほうが早いですし、WEB版を使おうと思ったら何かおかしくなるんですよ。

伊藤　整合性が取れなくなってきちゃいますよね。それでもWEB版を使おうとしているのは不思議な話ですけど、それが一流の考え方なんだろうと僕は思っています（笑）。

伏瀬　なかなか難しいんですよ（笑）。

実はすごいマリアベル

伊藤　10巻はやっぱりマリアベルですかね。

伏瀬　新キャラ・マリアベル。

伊藤　そして死んでいくマリアベル（笑）。

伏瀬　デザインがまた秀逸なんですよ。

伊藤　マリアベルは一番リテイクを出したんじゃないかな……。

伏瀬　そうなんですよね。一度完成してからリテイクを出しました。「これはやっぱり違う。金持ちのお嬢様ではない、小金持ちのお嬢様だ。超大金持ち財閥のお嬢様はこんな服装じゃない」と言ってみっつばーさんに描き直してもらいました。

伊藤　そうですね。元々『不思議の国のアリス』みたいなイメージでいってましたから。

伏瀬　僕が指示間違いをしているんです。

伊藤　最初はエプロンドレスを着た少女のイメージでしたよね。

伏瀬　頭の中の金持ち財閥系の令嬢のイメージとは違ったんですよ。

伊藤　そこからガラッと変えていきましたね。

伏瀬　それだけリテイクして完成したマリアベルなのに再利用されていないんですよ。非常に勿体ないので、いつかどこかで再利用したいと思っていたのに全然使われていないんです。「どこかでキャラクターのデザインを活かさないと」と思っていたのを今思い出しました。

伊藤　僕としてはすごく面白い巻だなと思っています。物語の中って、主人公が正義で終わっちゃってることがよくあります。でも基本的に主人公たちが強いから誰も逆らえないだけなんですよ。『転スラ』はリムルの善性によって成り立っている部分があるじゃないですか。でも周りから見たら、リムルが良いやつかどうかっていうのは本当のところわからないんですよね。

マリアベルは実はすごいキャラ。

伏瀬　正しいですね。マリアベルは自分のやろうとしていることが似ているからリムルの考えがわかるんですよ。だから自分がトップに立つためには相手が邪魔で消すしかないという結論に至るんです。

伊藤　ただ、やっぱり主人公無双を見たい読者さんにはちょっと違うかもしれませんね。

伏瀬　でも、終わったあとで読者の方々の感想を見ると「早く消しすぎたよね」というのがありました。「マリアベルみたいなのは闇に潜ってずっと嫌がらせをしてくるキャラになったら、手がつけられなかったかもね」みたいな感じで。その気持ちはわかるんですが、それをすると物語が別物になってしまうんです。

伊藤　ちょっと難しいですよね。

伏瀬　番外編とかでやるのはいいんですけどね。

伊藤　個人的にもマリアベルはすごく面白いキャラクターだなと思ってますね。物語にも深みが出ましたから。

伏瀬　主人公は絶対正義じゃないというのをわからせるキャラクターなんです。あと、もしユウキの番外編を書くなら敵として出てくるので強いんですよ。

伊藤　マリアベルが究極能力《アルティメットスキル》を持っていたら、どうなってたんでしょうね？

伏瀬　多分リムルがやられてましたね。頭の良さはマリアベルが勝っていますし。本当に幸運とその場のノリでリムルがピンチを乗り越えましたが、マリアベルがもっと慎重だったり、10年早く生まれていたりしたらリムルが負けていたでしょうね。

伊藤　というくらい実はすごいキャラ。あまり表に出てこないけど……。

伏瀬　幼すぎたから表に出られなかったんです。さっき言ったように10年早く生まれていたらマリアベルによって世界が完全に支配されてる状態になっているから、太刀打ちできなかったでしょう。経済関連で何かしようとしても権利でガッチガチにされていて、まずリムルが何かやろうとしても通らない状態になっていたと思います。

伊藤　ちょうどギリギリ戦える状態だったんですね。

伏瀬　ただ、リムルが勝てなくてもギィ辺りが多分潰すことになると思います。

イラスト!!

第10巻特装版付属特典である「卓上カレンダー」用に描き下ろされた、豪華イラスト12点を一挙公開！

JANUARY 1 月

FEBRUARY 2 月

MARCH 3 月

APRIL 4 月

MAY 5 月

JUNE 6 月

SP スペシャルギャラリー Gallery みっつばー

JULY 7 月

AUGUST 8 月

SEPTEMBER 9 月

OCTOBER 10 月

NOVEMBER 11 月

DECEMBER 12 月

NOVEL Vol.11について

伏瀬先生 伊藤編集 対談

みっつばーコメント ポイントはやはりクロスした剣が時計の針というアイデアですが、全体的にまとまった大好きな表紙！

伏瀬 一番頭を使ったのが11巻のタイムリープですね。

伊藤 8巻辺りから「11巻どうしよう」ってずっと言い続けながらやってましたよね(笑)。何度か時系列やタイムリープの設定を図に起こしたものをいただいて、何回もやり取りしました。

伏瀬 いろいろと設定が変わったこともあってすぐにはまとまらなかったですよ。何日か悩みに悩んで、やっと整合性が取れているものができたんです。それで伊藤さんに確認してもらって、大きな破綻はなさそうだということで文章化しました。

伊藤 熱が出るって言ってましたよね。

伏瀬 そうなんです。考えすぎて熱が出ました。クロエの設定を突き詰めたらちゃんと合ってるのか不安になってきます。この頃にはもうアニメ化が動いていたんですよ。そのときに「シズさんの仮面は誰が用意したんですか」とかツッコミが入ってきて。「ついに来たかぁ」って(笑)。

伊藤 ちょっとぼかしてた部分がありましたからね。

伏瀬 今までノリと勢いで誤魔化していたことに答えを出さないといけないときが来てしまったということで、WEB版の中でもフワッとしてわかりにくい設定は読者さんの考えに全て委ねていたんですが、通用しなくなったので必死に考えました。

伊藤 設定自体が変わったので、WEB版の、ユウキに洗脳されているという話をやめるのは、初期段階から固めてました。

伏瀬 クロエのほかにもレオンが誤解を受ける不幸属性だということがこのとき僕の中で決まったんです。初めからクールな性格なのかなと思わせて、誤解されることについて実は本人が一番ショックを受けてるんです。顔に出ないだけですね。必要に迫られてですが、この巻はシズさんの仮面周りの設定作りが一気に押し寄せてきました。

伊藤 設定ができたと思ったら「1巻で仮面がちょっと割れてるんですよね」って指摘が入り……。

伏瀬 「はあ?」って(笑)。

伊藤 リムルがいたからそうなったってことでいいじゃないですかっていうこ

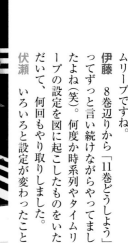

レインは一番書きやすい。

とに(笑)。

伏瀬　だから漫画では割れないようにしてねって強く言いました。「ここ割れてるんですけど」って言われても「誤植じゃないかな?」って。本当に申し訳ないですが最新巻の設定が一番正しいので昔の設定は忘れてください!

伊藤　『転スラ』は進化していますからね(笑)。

伏瀬　あと、この巻辺りから蟲がやばいぞっていうのをそろそろ設定として盛り込んでいきたかったんです。

伊藤　強敵・ラズルはゼギオンのデザインのボツ案なんですよね。

伏瀬　そうです。ボツ案を見て敵役で出すことにしました。

伊藤　ボツ案もかっこ良いけど、もうちょっとヒーローっぽくしたかったんですよ。

伏瀬　ボツ案として出てきたものが再利用されてるキャラクターが何体かいますよね。ゴブ蔵はプロトゴブ太でしたし。

伊藤　最初のデザインだと、そのキャラクターのイメージからちょっとずれるけどデザイン自体はすごくいい。だからよく再利用しているんです(笑)。

伏瀬　もったいないから使い回そう精神ですよね。

伊藤　あとがきを見てみると……、僕が「幼いクロエがいなくなるのって、何だか寂しくないですか?」って言ってますね。「担当I氏のロリ○ン疑惑が生じた瞬間です」って……、ひどくないですか?

伏瀬　(笑)。

伊藤　これについては補足させていただいてもいいですかね。幼いクロエがいなくなるのが寂しいっていうのは、結局クロエには幼いときの記憶があるから成長してもいいじゃないですか。でもクロエと一緒にいた剣也たちからすると、突然クロエがいなくなっちゃうんですよ。それがかわいそうっていう意味なんですよ!

伏瀬　まあ、何とでも言えますよね。伊藤さんもクロエのことを考えてくれたんだよねということで……(笑)。

伊藤　でも読者さんからも割と受け入れていただいてますから。

伏瀬　上手く作者をコントロールしているような気がしますね。

伊藤　してないです!　でもまあ、そういうことにしといてください(笑)。そして、残りの原初の悪魔であるテスタロッサ、ウルティマ、カルラが出てきてついにキャラクターが揃ったなって感じです。

キャラクターの変化

伏瀬　このときのレインのイラストからは今の内面は全然わかんないですね。

伊藤　どちらかというとクールキャラかなっていう感じだったんですけど。

伏瀬　11巻ではディアブロVSレインが発生するんですが、ここのレインは結構真面目なんですよね。これが最大の悩みです。

伊藤　だいぶ今とキャラクターが違うっていうね(笑)。読切では、このときのレインの気持ちが書かれてましたけど。

伏瀬　あれはぶっちゃけ、あと付けなんです。レインのキャラが弱いからどうしようかなって考えていて、17巻を書く頃には固まってたんですけど、この巻の頃だとミザリーとレインは個性がなさすぎるので、差別化させなきゃなと思っていました。両方真面目キャラは面白くないなと。

伊藤　レインはいいキャラになりましたね(笑)。伏瀬さんのキャラクターは固めてから壊したときが一番面白いです。

伏瀬　人気もハネましたしね。

伊藤　レインはアホの子なんだけど、頭が良く見えます。自分が追い込まれることは絶対しないっていう「逃げ」がちゃんと判断できるキャラっていうような。

伏瀬　状況を読み解く力ですよ。絶対失敗しないように立ち回るんです。

伊藤　そうそう。すごい要領のいいアホの子なんだなって思います(笑)。

伏瀬　そして肝心なときにポシャるポンコツ属性持ちなんです。

NOVEL Vol.12について

伏瀬先生
伊藤編集
対談

みっつばーコメント もともと一番自分らしさが出せるキャラがヴェルドラでしたので、ここでかっこよく描けないなら終わりぐらいのテンションでした（笑）。

伏瀬 最初からやばいと言われていた帝国がついに動き出したんですが、WEB版の内容に沿って改変している感じです。ここでゼギオンたち迷宮十傑のビジュアルも出したんですよね。

伊藤 いい絵ですよね（口絵を見て）。

伏瀬 「ラミリスのパシリ」を待ってましたよ。

伊藤 ベレッタはパシリでいいんですか？（笑）

伏瀬 大丈夫って出したけど結構話題になってたんですよね。

伊藤 ここまではキャラクターデザインの数を少し抑えていた部分があったんですけど、遠慮せずにバンバンやってもらうようになりましたね。結局漫画で登場するときに必要だと思ったんです。

伏瀬 みっつばーさんも、キャラクターデザインを自分でするのか、漫画家さんに任せるのかで「自分がやりたい」と言ってくれましたし。あと、この巻の収録範囲にはWEB版だとレオンVSユウキがあったんですが、ノリと勢いで書いていたものをそのまま書籍に持ってくるのはダメだなと思ってカットしました。そこは大きく変えてでもユウキの戦闘部分は違う感じにしたかったんです。

伊藤 あと、ここからは近藤達也ですよ。WEB版でも結構人気のあったキャラですよね。

伏瀬 そうですね。近藤には思い入れもあるんですが、あんまり活躍させるとボロが出るんで上手く絞ってる感じです。

伊藤 ボロが出るっていうのは？

伏瀬 駄目なキャラになりかねないんです。

伊藤 掘り下げれば掘り下げるほど、アホなキャラクターになっていく（笑）。

伏瀬 だから賢い設定のキャラクターをいっぱい登場させると、どこかにバカな発言が交ざっちゃうっていうのがよくあるじゃないですか。そうすると、賢いキャラを書くときにはいろいろ考えて書かないといけないんです。リムルみたいな感じだったら、本人も昔に言ったことを忘れてるなぐらいの感じで流してもらえますが、賢いキャラはそんなことしないって感じになるから大変なんですよ。

表紙はヴェルドラしかない!

伊藤　表紙はどうしようか悩んだ覚えがあります。
伏瀬　僕はヴェルドラでいこうって言いました。
伊藤　そうだった。伏瀬さんからヴェルドラって言われてるけど、ここはあんまりヴェルドラが活躍しないからどうしようと思ったんです。だけど結局ヴェルドラしかいないとなって、この表紙になったんです。
伏瀬　良いんじゃないですか。男だけの表紙を「ドーン」って中々できることじゃないです。
伊藤　そうなんですよね。何だかんだ言って表紙では女の子が前にいることが多いですし。そういえばギィもありますね。
伏瀬　もうこれしかないっていうのでいきましたけど、良い感じの表紙に仕上がってましたよね。
伊藤　表紙にはできればスライムのリムルを必ず入れたいなっていうのがあるんです。
伏瀬　11巻はスライムじゃないですね。しれっといない巻もあります。
伊藤　表紙のイメージについては伏瀬さんと話をして決めることが多いですよね。
伏瀬　毎回ではないですが、大体相談をしています。その巻で活躍するキャラにほぼ決まりますけどね。20巻の表紙ってだれでしたっけ？
伊藤　（書籍を見ながら）ミリムとヴェルザードですね。
伏瀬　20巻はダグリュールという線もあったんですが、おっさんを表紙にしてもなということでやめました。けど、ダグリュールはかっこ良いんです。それと、12巻は帝国編の冒頭なんで伏線張り、事前準備回といったところです。
伊藤　開国祭もそうなんですけど、準備回というものができるようになっちゃったんですよね。
伏瀬　帝国編の中でも仕込みばっかりの話です。それを13巻で回収していって、14巻でまたピンチを演出して15巻で回収という流れになっています。

執筆で悩んだときの伏瀬先生とは!?

伊藤　伏瀬さんは筆が止まったら何してますか？
伏瀬　適当に部屋の中をうろうろするくらいですかね。
伊藤　外に出かけることはないんですか？
伏瀬　そんなに出ないですね。あとは伊藤さんに電話して、とりあえず自分の考えをつらつらと話すんです。答えが返ってくる返ってこないにかかわらず、人に説明しようとすると結構頭が整理されるんですよ。自分だけで考えて行き詰まったときは、とりあえず伊藤さんにやろうとしていることを説明するんです。
伊藤　僕は適当な相槌を打って「なるほど」って言ってますね（笑）。
伏瀬　「あれはあれですよねえ」って聞いたら「そうですね！」「わかりました！」って返ってきます（笑）。結構いい加減ですけどね。
伊藤　いやいや、それでもメモしながら聞いてるんですよ。
伏瀬　嘘ですね。
伊藤　嘘じゃない（笑）。
伏瀬　最近は伊藤さんからも電話がかかってくることがないですね。以前は1週間に1回は必ずしてましたけど。
伊藤　電話をかけても進捗を聞くとすぐ切ろうとするし、じゃあいいかと思って。今はしっかり待っているんです。信頼の証ですよ。
伏瀬　本当ですか？　電話が面倒くさくなってないですか？　少し信じられないですね（笑）。

NOVEL Vol.13について

伏瀬先生 伊藤編集 対談

みっつばーコメント　構図、表情、モチーフ、色、すべて悪魔娘にフィットしたと思える絵です。そのせいで？リムルがマスコット的になりすぎた、かも。

伊藤　13巻は本格的に悪魔三人娘が動き出しつつ、ヴェルグリンドですね。

伏瀬　ヴェルグリンドがやばさを際立たせましたよね。悪魔たちがメチャメチャ強いから、圧勝と思わせたタイミングで敵の方がやばいっていうのがわかるんですよ。

伊藤　ヴェルグリンドは読んでいて面白いなと思ってますね。みっつばーさんのキャラクターデザインも上手くいったなって思います。あと、ここで出てきたキャラだとガドラとかですかね。

伏瀬　アダルマンの友達でラーゼンの師匠ということで、早い段階から存在だけは明示させていたキャラクターですね。

伊藤　どう考えてもふざけた爺じゃないですか。

伏瀬　ふざけた魔法バカというのもいいだろうって思って出しました。すごいって言われている人がリムルとかを見て「やばい」と思う方が、すごさが増すかなっていう感じで登場させたキャラクターではあります。

伊藤　それは割と一貫してますよね。

伏瀬　そうそう。それに帝国が調子こいてる横で「無理なんだよな」っていう解説役が欲しいのもありました。ラーゼンのような大体のレベルがわかってるキャラからやばいと言われてるやつがリムルと帝国を比べて無理と判断してるなら楽勝だなというのが、読者に伝わりやすいかなと。

伊藤　サクッと寝返ったのが面白かったです。

伏瀬　あと異世界人はこの世界にいっぱいいますよっていうのを伝えたかったです。

伊藤　ガドラの弟子だったシンジやマーク、シンといったキャラたちですね。ほとんどここでしか出てこないのに、わざわざキャラクターデザインを起こしてもらったんだよなあ。

伏瀬　そうですね。一般常識的なものを持ってたら帝国に従う必要はないよねっていうのと、どっちの国がいいか自分の判断で選べる感じで書いていますけど、13巻は書いてて楽でした。

伊藤　12巻で仕込みが終わった状態なので、強いキャラたちが戦いますしね。

伏瀬　悪魔たちやゼギオンとかの活躍

悪魔三人娘のヤバさを描写しました。

をこの巻で「ドーン！」と行く感じです。

伊藤　そのおかげでページ数も増えましたけどね。400ページ超えましたから。ほかにも悪魔三人娘の軍服姿ですね。結局テスタロッサがパンツスタイルなのは、どういう意味だったんですか？

伏瀬　主に素肌は見せないっていうことです。『転スラ』のキャラクターはあまり肌露出がないんですよ。

伊藤　確かにないですね。スカートがちょっと短いぐらいですか。

伏瀬　作風に合わないし、あまり現実的じゃないかなと考えてそうしてます。別に水着とかは嫌いなわけじゃないので、海に行くとか理屈があればいいですが、理屈に合わない服装に納得がいかないんですよ。ミリムはどういう理屈なんだって話ですが、あれはもう素肌が防御力高いからいらないんです。

伊藤　何かしら理屈をつけられるのが良いですよね。

伏瀬　執筆はスムーズってわけじゃなかったですが、この辺りまではそこまで苦労してはなかったです。11巻はめちゃくちゃ苦労しましたけどね……。

続・悪魔三人娘！

伊藤　悪魔三人娘の戦闘についてはどんな考えだったんですか？

伏瀬　強さをアピールする回だったんで癖も何もない、単純にヤバさだけを描写しました。三人娘はそれぞれパワー型と技術型と成長型なんです。

伊藤　テンペストの戦力もインフレしてきてるので元々いたキャラクターたちをどう活躍させるのかっていうのが割と深刻な問題でしたよね。

伏瀬　そうですね。

伊藤　悪魔三人娘は読者人気があるので、劇場版で登場したウルティマ、作中ではまだヴィオレですが、結構反響がありましたね。

伏瀬　あれは知らない人から見ても、「誰？」ってなってたので良かったかなと思います。

伊藤　可愛らしいし、わかりやすいキャラクターですしね。

伏瀬　そうそう。あと猫かぶっていない状態のヴィオレを出したかったんです。

伊藤　あとがきには「12巻ではあとがきがなかったので、かなり久しぶりな感じですね」ってちょっと嫌味が入ってますよね。

伏瀬　あとがきがないときくらいありますから。ネタがないですし、大変なんです。

伊藤　「作者マイページでは、活動報告でチョコチョコと宣伝してたりするのですが、あまり知られていないかもしれません」というのもちょっと釘を刺してるわけですね。

伏瀬　昔は作家さんと繋がれるのってあとがきくらいしかなかったじゃないですか。ファンレターを出しても返事はほぼないですし。そういう意味で言ったらあとがきでやっと著者の近況がわかるので楽しみなんですが、今はSNSがあるのでそこまで重視しなくてもいいのかと思っています。まあ僕はTwitter(現X)やってないんですけど(笑)。

伊藤　伏瀬先生にはSNSをやって欲しくないですね。

伏瀬　多分、炎上する案件が何度か出てくると思います(笑)。

転スラ Special コラム　ヒロイン不在の『転スラ』

伏瀬　当時のラノベセオリーを完全に無視していて、1巻の表紙にヒロインが出せないので、苦肉の策でシズさんを出しました。

伊藤　内容的にもシズさんしかいないですし。

伏瀬　絶対に若いキャラにしないといけないというのもあり……。シズさんの老婆姿を提案したら却下されたので、苦肉の策もいいところなんです。

伊藤　元々僕がシズさんというキャラクターを気に入っていたので、表紙にシズさんを入れる際に、追加エピソードも載せたいという話をしました。

NOVEL Vol.14 について

伏瀬先生
伊藤編集
対談

みっつばーコメント
わりと強烈な血の描写ですが、いいのか悪いのかヴェルグリンドのお尻のほうに目がいきます。僕が。

伊藤 恒例の準備編ですね。

伏瀬 敵の強さをガドラに解説させたりして帝国のヤバさを存分に出す巻です。

伊藤 あとは帝国側の人間関係や今回の戦いで活躍する新キャラのお披露目だったり。

伏瀬 そうですね。準備回に2巻使うなって話なんですけど、そのくらいかかっちゃうんです。

伊藤 キャラ多いんでね。

伏瀬 下準備がかなり必要なんです。

伊藤 帝国キャラの強さを出して、それに使われるユウキっていうレギュラーパターンですけど(笑)。

伏瀬 ユウキに関しては、だいぶ早い段階からラスボス変わるかもって言い続けてたと思うんですが、この辺りでユウキがラスボスになるルートはほぼなくなりました。

伊藤 そうなんですよね。

伏瀬 WEB版のユウキは基本的に破滅主義者でしたが、その役はユウキには合ってなかったんで変えたんですよ。それによってだいぶ方向性が変わったので、破滅主義者も別のキャラに変えました。

伊藤 もっと根底からリムルに近い存在で、ただ手段が結構違うっていうキャラクターになりましたね。ほかのキャラで感じたのが、伏瀬さんがヴェルグリンドのことが好きってことです。

伏瀬 いい感じになりましたね。ヴェルグリンドとヴェルザードのキャラクターも固まってなかったですし、キャラ付けで違いを明確にするというのが今回の書籍化での課題でもあったので、かなり違いはわかりやすくなったかなと思います。

伊藤 デザインでは姉の方がちょっと幼く見えるんですよね。多分そのままのイメージでいくとどっちも美人タイプになるので見分けがつかなくなっちゃう。

伏瀬 あまり口調でキャラ付けしていないので、ぱっと見たときにわかりにくくなるということもありヴェルグリンドは優しい系、ヴェルザードは超冷たい系という感じで印象操作しました。

伊藤 見た目の印象とは逆ですよね。

伏瀬 そうそう。

ベニマルは鈍感系主人公。

伊藤　ヴェルグリンドの方が苛烈な感じがしますよね。実際苛烈ではあるんですけど、よりやばいのがヴェルザードなんです。

伏瀬　デザインも一番いい感じにまとまりましたしね。ぱっと見たときにリムルが女装してるとか言われてて、髪の色が似てるからそうなるよねと思ったけど全然違うんです。

伊藤　リムルとの共通点は青髪だけの感じがしますけど(笑)。デザインでいうとヴェルドラの服は少し前から変えましょうって話をしてたんですよね。

伏瀬　ずっとね。裸マントはやばいって言ってました(笑)。

伊藤　でもヴェルドラのイメージって、もう裸マントなんですよ。

伏瀬　そのイメージができちゃったから、今度はチャラい兄ちゃんみたいな感じにしようと。

伊藤　だからファー付きのコートみたいな服装になりました。僕は裸マントのヴェルドラも好きですけどね。

伏瀬　ヴェルドラは『BASTARD!! -暗黒の破壊神-』のダーク・シュナイダーがモチーフだったんです。

伊藤　そう言われてダーク・シュナイダーの資料を漁ってたんですけど、意外とぴっちりしたスーツみたいなのを着てるんです。それだとヴェルドラのお馬鹿キャラにはちょっと合わないかなと思ってたところに、みっつばーさんから提案してもらって最終的に裸マントです。

ベニマルの嫁問題

伏瀬　あとは前から言っていたベニマルですよ。「どうするんですか?」って聞かれてWEB版でモミジとくっつけたらすごく不評でずっと悩んでいたんです。でも開き直って、モミジとアルビスの両方とくっつけました!

伊藤　そうですね(笑)。

伏瀬　伊藤さんも「大丈夫ですか?」って初めは結構心配してましたけど、ベニマルは「ラノベの鈍感系主人公っぽくいこうよ」という話でまとまって、途中から乗り気になってきてましたから。結局、最後は「ハーレム系主人公でいこう」ということになりました(笑)。実際は、どっちか選ぶ必要はないっていうのが結論なんですけどね。絶対クレームが出ると思いながら書きました。

伊藤　それはあると思いますよ。

伏瀬　クレームを入れたくなる気持ちもわかるんですが、どっちか選べるかって言ったら難しいんですよ。

伊藤　電話で「無駄にフラグ立てるから駄目なんでしょ」って言いましたし。それでもアルビスのフラグを立てるから!(笑)

伏瀬　立ってましたね。モミジを出さないという選択肢がないのに(笑)。

伊藤　「モミジとくっついたら、アルビスのフラグは何だったんだってなりますよね」みたいな話をして(笑)。悩みましたね。そういえばどっちともくっつかないっていう案もありましたよ。

伏瀬　あえて明言せず未来に投げるっていう案ですね。

伊藤　ただ、そうするとそのあとの設定がいろいろ変わってきちゃうので難しいねって話になったんですよ。

伏瀬　できなくはないけど、ベニマルの心残りで進化してないって設定をつけてるのに投げるのはどうかなっていうのもありました。そこはさじ加減で展開を変えれるんですが、あえて両方でいこうと強く決めたんです。

NOVEL Vol.15について 伏瀬先生 伊藤編集 対談

みっつばーコメント　新衣装ということで全体を見せたかったのですが……。もう少し顔をはっきり描きたかったなー、またまた反省。

伊藤　15巻はWEB版でも人気のある話で、ヴェルドラを奪われて怒るリムルのところですね。さらに「智慧之王《ラファエル》」が「シエル」に進化します。

伏瀬　WEB版では戦いが終わってから「シエル」の名前をつけましたが、帝国の強敵感を出すために戦闘中に進化するという黄金パターンに変えました。

伊藤　これは盛り上がりますね。

伏瀬　なので、リムルが大活躍する回です。最近はリムルが強くなってるから、出てきたら戦いが終わっちゃうんです。なので強い敵を出さないと弱い者いじめになりかねなくて出せなかったところもあったんです。

伊藤　ヴェルグリンドにやられてた悪魔三人娘もここで反撃に転じています。

伏瀬　悪魔三人娘とヴェルグリンドの戦いは頭を使いました。悪魔たちの格を落とさずにヴェルグリンドの圧倒的感を出さないといけないんです。誰だよこの設定を考えたのはって（笑）。

伊藤　本当ですよ（笑）。でもうまくできてたと思いますけどね。

伏瀬　作者が頑張ったって言ってましたよ。あともっと褒めてもらえないとやる気が起きないって言ってました。

伊藤　ならお伝えしておきます（笑）。

伏瀬　「素晴らしい！」「さすが先生！」って感じで言われても全然心に響かないですよ。

伊藤　わかりました！　今度お会いしたときに伝えておきます（笑）。

ルビ振りがややこしい

伊藤　アルティメットスキルが出てからですね、ルビを振るのが大変なんですよ。「究極能力」で「アルティメットスキル」っていうめっちゃ長いルビがつくんで、文字組みが大変で（笑）。

伏瀬　最近はそれが面倒くさいのか「究《アル》極能力《ティメットスキル》」をカットしてスキル名だけ書くようにちょっとずつ変えていってますね（笑）。

伊藤　あと、『転スラ』は特有の名前が多いのでイントネーションがわからないんです。漢字違いの同じ読みもあるし、アニメだとどうやって表現するんだろうって悩みます。

伏瀬　悪鬼と妖鬼とかですね。

シエルの進化は黄金パターンに変化。

伊藤　そうそう。「悪鬼」と書いて「オニ」、「妖鬼」と書いて「オニ」なんですよ。しかも嫌なことにですね、シオンが「私は妖鬼ではなく悪鬼だ」って言うんですよ。音読すると「私は『オニ』ではなく『オニ』だ」になっちゃうでしょ(笑)。

伏瀬　それはルビを無視して悪鬼《あっき》にしましょう。そんな難しいことを言われても、そこまで考えてないので大丈夫です。

伊藤　実際にアニメの脚本会議でこの問題になったんです(笑)。「智慧之王」と「知恵之王」でどちらも「ラファエル」……。これはわかんないですよ、マジで。

伏瀬　英語版書籍でそういうツッコミがちょこちょこくるんです。「これはどう表現したらいいですか？」って。そちらでいい表現を考えてくださいって思っているんですが……。

伊藤　いやいやいや(笑)。大変なんですよ。

伏瀬　その国で問題ないように、適当にルビを振ってくれたらいいかなと思っていますよ。といっても外国版だと難しいのはわかります。

伊藤　ルビでちょっと遊ぶっていうのは、日本語の面白さでもあったりしますし。それでいうと1巻のときからそういう質問があったんです。「『能力』を『スキル』と書くんですけど『技術』にも『スキル』ってルビが振られているけど、法則はどうなんですか？」って。

伏瀬　それで「技術」は「アーツ」になりましたね。

伊藤　校正する方は大変なんです(笑)。

伏瀬　別に間違いじゃないからそのままでもいいですよ(笑)。

伊藤　あとがきも見てみましょうか。何書かれてたんだろうな。

伏瀬　全然覚えてないですね。

伊藤　ええと、締め切りがオーバーしたことをアピールしてますね。「ちょっとだけ気を付けよう、とか言っていた記憶があったりなかったりするんですが今回も10日ほどオーバーしてしまいました」って。

伏瀬　その辺りから、もう締め切りはオーバーしてもいいものっていう認識が……。

伊藤　(笑)。会話も書かれてますね。「続く、というのは駄目なんですよね？」「前回が引っ張っているので、今回はキリよくまとめて欲しいですね」「ですよね。でもページ数が……」「大丈夫ですよ！　何ページになっても気にしない事にしましたから！」って言ってますね。これ毎回言ってますよ。

伏瀬　同じことばっかり、いい加減にしてほしいですよね(笑)。

伊藤　「そうじゃないんだよ！」と内心でツッこんで……、内心ですかこれ？

伏瀬　電話口でも言ったかもしれない。

伊藤　そうですよね(笑)。それにしても締め切りのやり取りを一番書いてますね。「発売月を1ヶ月延ばすのも検討しておいてください」「うーん……ギリギリまで頑張りましょう！」って両者譲らず(笑)。

伏瀬　ほかのラノベを読んでいて、同じ敵と3回ぐらい戦ってるとやっぱりダレてきますからね。もっと早く倒せるんじゃないのって。なので頑張ってまとめたいと思うんですが長くなっちゃう。

伊藤　あと伏瀬さんは15巻の発売を10月にしようとしてるんです。でも「10日オーバーなら9月発売できます」って僕がなんとか9月刊行にしているんですよ。だから僕も読者さんに「頑張った」と褒められたいです(笑)。あとがきだと憎々しい感じに書かれてますけど。

伏瀬　被害妄想が入ってるんじゃないですか？

伊藤　(笑)。もうこの頃の僕は待つしかないって感じになってますから。

伏瀬　いやいや、10万文字超えるものを書いてたらちょっと大変なんです。そこは評価してほしいです。

伊藤　過去最大のページ数になってますからね。それにしても、最初は年に3冊出せてたんですよ。

伏瀬　それはまあ、まだWEB版が使えたんで……。でも途中から内容が大きく変わってしまったんです。

伊藤　そうですね(笑)。じゃあ次にいきましょうか。

NOVEL Vol.16について

伏瀬先生 伊藤編集 対談

みっつばーコメント 少し細かいこだわりですが、ギィの立ち方の中でただの決めポーズではなく最強からくる余裕を表現できればと！

伏瀬 16巻は後始末と能力説明ですね。

伊藤 僕はギィとルドラの過去話が結構好きですね。

伏瀬 ルドラはもう出てこないんだと思わせてからマサユキがルドラを召喚するのはもうこのとき見えてましたから。

伊藤 ルドラってこんな性格かよってなりましたね。今までのルドラは洗脳されていて最早ミカエルなんですけど、本当は熱血系キャラなんだと。

伏瀬 勇者のテンプレみたいな感じにすると初めから決めていましたね。

伊藤 その割にはそこまで正義感あふれてなくて、ちょっと俗っぽい感じがまたいい。

伏瀬 いつか登場させようと思っていて、やっとルドラのキャラ付けが完了しました。

伊藤 ギィと渡り合ってたというのが明確になりましたし、快活なキャラクターとして描かれたんで主人公らしい主人公っていう感じがしますよね。ヴェルグリンドともお似合いだと思います。

伏瀬 ほかにもWEB版でのユウキの破滅主義がフェルドウェイに移っています。

伊藤 そうですね。もう完全にWEB版での悪役をフェルドウェイに変えて、ユウキを別のキャラクターにしていますね。20巻では見た目も変わりましたし。

伏瀬 特徴のないキャラからヴェルダナーヴァのボディに移っているので、今のところラスボス候補として最有力と思われてますね。

伊藤 まだラスボスがどうなるかわかりませんけど。

伏瀬 そこは僕も気になってるんですよ。イヴァラージェは全然出してないし、22巻で終わるかなって。

伊藤 僕はあと3冊必要じゃないかと思っていますよ。

伏瀬 それはないです。22巻で終わるはずなんです。

伊藤 14巻くらいからいつ終わるのか頻繁に出てきてはいるんですけどね。

伏瀬 ず〜っとあと3冊って言い続けてる感じがする(笑)。

EP初公開

伊藤 そして、この巻はEP問題ですね。

伏瀬 EPはめっちゃ胡散臭いから信

EPはアテにならない数値です。

用してないです。

伊藤　（笑）。このEPを出す出さないの話は結構しましたね。

伏瀬　21巻でEP2000万のヴェガさんが、EP500万のゼギオンにボコられてるので、全くアテにならないです。

伊藤　そこはEPを出すときに、「戦力の絶対値にならないようにしてください」という話をしました。絶対値にしてしまうと、EPが出た瞬間に勝敗が決まってしまうので、それはちょっと面白くない。

伏瀬　まだ魔素量の方が信用性あるぞってくらい信用ならない数値なんです。

伊藤　ゲームでいうMP的な感じなんですかね。

伏瀬　MPが魔素量なんですよ。だから魔素量だけ多くても強力な技がなければ、エネルギーがいっぱいあるだけで、なんら強くないっていう話です。

伊藤　テクニックとかそういうところで挽回できるところはあるって感じですよね。

伏瀬　例えばすごい拳銃を持ってるとして、銃を撃てる人と撃てない人では撃てる方が強いですよね。あと拳銃をばんばん撃ってくる敵に対して、こっちは一日に一発しか撃てない大砲を持っていてもやっぱり意味がない。

伊藤　ただこれだけキャラクターが増えてくると核の部分を掘り下げて書けないので、数値っていうわかりやすい指標があるとある程度の差がわかるんです。逆に言えばその差を覆すっていう面白さも出せるっていうふうに説得されて、「そうですね」って（笑）。「そうじゃないと毎回毎回クレイマンよりも上って書くことになるんですよ」と、ちょっと脅されて「それはさすがにないですね」ということになったわけです。

伏瀬　ただ、数字を出したけどちゃんと使いこなせてますか？　みたいなところがあります。

伊藤　でも難しいですよ。数字で出しちゃうと、整合性を取るのが結構大変だなと思って。

伏瀬　まあ、整合性がなくても勝つんですけどね（笑）。

伊藤　（笑）。でも数字はよくツッコまれますからね。

伏瀬　300万とか1000万とか平気で出しちゃったりしてちょっと調子に乗りすぎましたね。数字を調整してアピトを300万越えに設定しようとして、これは調子に乗りすぎかもしれないから半分ぐらい抑えて……。本当に数字の落とし穴ですよね。

伊藤　最後にカバーイラストですけど、みっつばーさんもイラストの中にいろいろ意味を込めるようにしてくれています。スライムの中に頭蓋骨があってすごく面白い。みっつばーさんからは「グロくなって大丈夫ですか？」って言われました。

伏瀬　大丈夫です。良い感じになってます！

伊藤　かっこ良いですよね。

伏瀬　そんな16巻は後始末ということで区切りがつきました。

伊藤　そうですね。

伏瀬　やっと綺麗に終わりました（笑）。

転スラ Special コラム

伏瀬流キャラの崩し方

伊藤　伏瀬さんはどのようにキャラを崩しているんですか？

伏瀬　感覚です（笑）。この本に載せているミザリーの書き下ろしもこういう崩し方なら面白いだろうなと思って書いています。

伊藤　ミザリーもやっぱりポンコツになりましたね（笑）。

伏瀬　レインとは違う方向でダメな子です。

伊藤　完成も早かったですよね。

伏瀬　3日くらいで書きました。

伊藤　時期はまだわからないですが、レインの書き下ろしもありますしね。

伏瀬　そうですね。まずはミザリーのキャラを知ってほしかったのでこのタイミングでお披露目させてもらいました。

NOVEL Vol.17について

伏瀬先生
伊藤編集
対談

みっつばーコメント 小休止感は出しつつも存在感のある絵をと。そのコンセプトをなんとなくレインに引っ張ってもらえた気がします。

伊藤　この巻は短編集になりますね。

伏瀬　この頃からもう疲れたっていう話をしていましたね(笑)。

伊藤　本当に泣き言が多くて……。

伏瀬　「じゃあもう短編でいけよ」っていう感じで言われたんです。

伊藤　いやいや(笑)。短編なら書けるみたいなことを言ってたじゃないですか。

伏瀬　結論から言うとそれも嘘だったんですけどね(笑)。あと2、3巻で終わるってずっと言い続けていたんで、19巻で終わるよりは短編を1冊入れて区切りよく20巻で終わらせようと考えていたんです。そういうことで、17巻は短編集にして残りの3冊で本編を終わらせましょうって話をしたんです。

伊藤　そうですね。

伏瀬　この頃から20巻で終わる予定だったんです。でも18巻を書き終わった辺りで「これはおかしいぞ?」って。

伊藤　(笑)。

伏瀬　そして「無理だな」と、悟りを得たわけです。

伊藤　短編の4名を選んだ理由ってありましたっけ?

伏瀬　適当です(笑)。

伊藤　短編を思いついたキャラってことですね(笑)。

伏瀬　それにしてもなんでカリギュリオ?　チョイスがおかしいですよね。

伊藤　伏瀬さんが話を思いついいちゃったから(笑)。17巻の中で一番人気なのは「青い悪魔の独り言」。ここからですよ、レインを書かせたら本当に早い。

伏瀬　レインは探偵やってたり、記者やってたりと、7つの仕事を持つ女をやらせたいですから。

伊藤　ある意味、ヴェルドラと同じくらい何やってもいいっていう感じになったので、動かしやすいのかもしれないですね。

伏瀬　ヴェルグリンドの話はどこかで書こうかなって思っていたのを入れていて、レインの話は書きやすそうだから入れてっていう感じです。

伊藤　レインの話は読んでいて一番面白いなと思いました(笑)。

伏瀬　一番書きやすかったです。読んだ人たちもレインの印象が強すぎてほかの話は覚えてないんじゃないですか?

一番人気はレインの話。

カリギュリオとか……（笑）。

伊藤　そうなんですよね。実はあとに続く話の伏線みたいなものが結構あるんですよ。

伏瀬　問題はヴェルグリンドの話で登場させたキャラを出すか出さないか、まだ迷っているんです。多分出さないと思いますけど（笑）。

伊藤　別次元世界の設定が明るみになったのはここですよね。一応補足しておくと、皇国は日本ではないんですよね。

伏瀬　日本っぽいところです。

伊藤　近藤との繋がりもありましたね。

伏瀬　そうそう。そこが念頭にあったので、仮想世界の方がいいなと思ったんです。

伊藤　読者さんは近藤が日本から来ているのかなって思ってる人がいると思うんですよ。

伏瀬　なのでこういう世界もありますよということで書きました。

伊藤　17巻はナンバリングにしたんですが、「16・5」だと設定資料集と被るのでどうしようか迷いました。時系列的にここで読んでもらいたいですし。

伏瀬　逆に読んでおかないと困る話があるんですよ。

伊藤　ということで、17巻にしたんです。

伏瀬　僕は20巻で完結させようと思ってたから、絶対17巻にしてもらわないと困るって言ってました。20巻で終わらせるための短編集でもあったんです。18巻を書いた時点でその考えが甘いと気づきましたけど。

伊藤　ヴェルグリンドの話は超大作になっていますよね。最初に原稿が来たとき、「長っ！」て思いました。もう短編って言いませんよこの長さ（笑）。

伏瀬　僕も失敗したと思いました。なんだかんだ敵は最後に一瞬でやられていくんだろうなって思いながら書いていましたね。ページの都合上そうなるんだろうなと思ってましたけど、やっぱりそうなりました（笑）。

伊藤　『転スラ』仕様で150ページぐらいありますからね。

伏瀬　普通の単行本1冊分ぐらいある（笑）。その1冊の中に何人新キャラが出てきたっていう話ですよね。

伊藤　迷惑すぎますよ（笑）。

伏瀬　おそらく漫画ではここは描かれないと思います。

レインのキャラ付け大成功！

伊藤　レインの短編は原稿を読んだとき「私の名は、レインと申します。え、知らない？　お前ふざけんなよ、知っとけ。シバくぞ。勉強し直してこい」って始まりが本当に衝撃的で「レインですよねこれ？」って。でもこれで一気に引き込まれたっていうか、「面白っ！」ってなったんです。

伏瀬　いきなりキャラブレイクしましたけど（笑）。内心を知った瞬間、そういうキャラだったんだって。

伊藤　いきなり「シバくぞ」ってきましたからね。ポップでも使わせていただきました（笑）。

伏瀬　レインというキャラクターが濃縮されてます。

伊藤　あと意外と要領がいいんですよ。

伏瀬　彼女は天才なんです。

伊藤　以前、伏瀬さんに原初の悪魔たちを兄妹としてみると誰が末っ子なのか聞いたじゃないですか。僕はウルティマかなと思ってたんですけど、レインだったんですよね。だから、要領よく立ち回る末っ子な妹っていう感じ。

伏瀬　ちなみにギィが一番上ですね。次にテスタロッサで3番目がディアブロぐらいのイメージです。そのあとにミザリー、カレラ、ウルティマ、レインっていう順番ですかね。

伊藤　テスタロッサが特殊ですよね。

伏瀬　だからディアブロはテスタロッサにちょっと苦手意識があります。

伊藤　悪魔三人娘ってまずディアブロがボコって連れてきたという話なんですど、テスタロッサとは戦ってないんですよね。実はいつも被害を受けないポジションなんです。

NOVEL Vol.18 について 伏瀬先生 伊藤編集 対談

みっつばー コメント
操り人形に見えてそれぞれが自分の意志で糸を掴んでいる。解説は野暮かなあと思いましたが、一番見てほしいところでもあります！

伊藤　ここでヴェルザードの大人バージョンが登場しました。

伏瀬　それを出す予定があったから幼女の方がいいって言ってたんですよ。

伊藤　そうだったんですね。この辺りからみっつばーさんも胸を盛るようになってきた気がします（笑）。ちなみにヴェルザードの竜形態も20巻カバーイラストに描かれています。

伏瀬　ヴェルドラと同じ西洋竜に近い感じでデザインをお願いしました。あと、カガリがWEB版のやられキャラから変化を遂げましたね。あとがきとかでも言ってますがキャラデザインが上がってきた瞬間に「あかんぞ」ってなりました。

伊藤　「当初のイメージから大きくチェンジしちゃったけど、それもこれも、エルフ姿が可愛かったのが悪いです」って（笑）。ちなみに13・5巻の説明と若干食い違ったりしてますが、そこは察してもらえれば（笑）。

伏瀬　13・5巻を書いたのは僕じゃないので……。

伊藤　それだけじゃなくて伏瀬さんは常に何が一番いい設定かというものを模索してますから。

伏瀬　そういうことです。最新巻が一番正しいんです。

伊藤　食い違ってるなと思ったら……。

伏瀬　過去を修正してください。

伊藤　そうですね（笑）。あとはいい感じで設定を付けてくださいっていうのが『転スラ』スタイルです。

伏瀬　カガリとか変わりましたよね。

伊藤　確かに。カガリの設定を膨らますのはバックボーン的なところからでしたか？

伏瀬　バックボーンはぼんやりと考えていたんですが、キャラデザインを見た瞬間にちょっと違うなってなりました。ユウキの目的が変わった時点で、中庸道化連キャラは全体的に良い方向に変えようというのはありました。

伊藤　やっぱり中庸道化連は好きですね。

伏瀬　そしてレオンのところを攻めていったわけです。

伊藤　ここで活躍するシルビアの設定は前から考えていたんですか？

伏瀬　なかったですね。エルメシアの家系図を書いているときに入ってきたのがシルビアです。母親を生きてることにするか死んでることにするか、いろいろ考えた中で生きていてもいいよねって。かつ、ラプラスとの関係性も生まれてきて、設定が若干固まった気がします。

伊藤　ラプラスの強さに納得がいくっていうところですね。

伏瀬　記憶がなくなってるのも含めて怪しさ満点だったラプラスの設定が、ここで固まってきて元勇者サリオンだったって感じになります。

伊藤　この巻は内容的に仕込みをしつつ前哨戦みたいな話ですけど、やっぱりカガリの巻という感じが強いです。そもそも女性だったのにカザリームの姿にされた不幸な過去が明らかになって。

やっぱり中庸道化連は好きですね。

伏瀬　ユウキが用意した体が実はカガリの本当の姿だったっていうふうにすることで、ユウキの株も上がりますし、ヒロインって感じでしたよね。

伊藤　素晴らしいです。ジャヒルの設定は悩みました？

伏瀬　ジャヒルは基本的にフットマンと一緒に消え去ってもらうための敵役として華々しく散っていってくれたらいいかなと思って作りました。が、まだ散ってないですね……。

伊藤　フットマンの人格については？

伏瀬　それは今悩んでますね。ちなみに21巻を書くにあたってキャラクターがどこで何をしてるか調べてもらったんですが登場キャラが足りないんです。これは終わったあとにこのキャラはこのとき何してたんですかって言われそうだなと（笑）。

伊藤　キャラが多すぎて調べるのも大変なんですよ……（笑）。

伏瀬　膨大な作業になりますからね。

クロエはヤバいやつ

伏瀬　勇者レオンの設定もマサユキの逆バージョンというのが読者さんにも周知されていったと思います。良いことをしても悪い感じに取られてしまう典型的な言葉足らずです。

伊藤　レオンも登場すればするほどちょっとアホっぽいキャラクターになってませんか？

伏瀬　アホではないんですけどね。

伊藤　でもクロエを超絶美少女って言ってる時点で残念な感じになります。

伏瀬　クロエがらみになるとちょっとアホな感じになっちゃいますね。

伊藤　しかもせっかく再会できたクロエにはちっとも相手にされてないですからね。僕は若干レオンがかわいそうだなと思います（笑）。

伏瀬　相手にされてないから（笑）。

伊藤　それにしても相手にされなさすぎじゃないですか。「お兄ちゃんいたの？」ぐらいのレベルですもんね。あそこまで冷たいなら実の妹でよかったじゃないですか（笑）。その方がリアルな気がしますけど。

伏瀬　実の妹であの対応はマジでヤバいやつになりそうじゃないですか。

伊藤　いや、既にマジでヤバいやつです（笑）。

転スラ Special コラム

『転スラ』設定について補足

伊藤　作中の設定で補足しておくことはありますか？

伏瀬　ディーノたちのEPですかね。天使の〝神霊武装〟は別空間にあるので、生命神格化《アポテオーシス》することでEPが上昇します。実はディアブロも似たようなことをして自分のEPを調節しています。

伊藤　僕としては、ルドラは人間なのに強すぎて疑問なんですけど。

伏瀬　それは真なる人類《ハイ・ヒューマン》だからです。

伊藤　その設定は初出しじゃないですか!?

伏瀬　そうでしたっけ？　人間の勇者でさえめちゃくちゃ強いんだから真なる人類《ハイ・ヒューマン》ならあの強さです。あとは主人公属性を持っているからですね（笑）。

NOVEL Vol.19 について

伏瀬先生
伊藤編集

対談

みっつばーコメント
開戦の雰囲気を最大限表現できる構図でお気に入りですが、できればもっと武器で埋め尽くすぐらいでもよかったかもです。

伏瀬　これはヒナタヒロイン回です。

伊藤　そうですね。

伏瀬　ヒナタの究極能力《アルティメットスキル》の名前を考えるのは悩みました。

伊藤　伏瀬さんが世の中で一番ヒナタのことを考えてると思いますよ。

伏瀬　そうかな（笑）。でも頑張りましたよ。マサユキと一緒に、ここでめちゃくちゃ活躍させました。

伊藤　マサユキもすごかったですね。ルドラが出てくるのはかっこ良かった。

伏瀬　これはもうずっと考えてたので、このシーンに行くために頑張ろうって思っていましたから。

伊藤　少年漫画っぽくて良いなと思いました。

伏瀬　WEB版のように幸運で乗り切るのかなと思わせておいて、圧倒的実力でフェルドウェイを撃退するっていう。17巻を書いているときからこの流れは考えていて、マサユキの肉体にルドラが返ってくるという展開にしました。そして駄目な子扱いだった「誓約《ウリ》之王《エル》」でフェルドウェイを倒すっていう。

伊藤　駄目な子扱い（笑）。でもそうじゃなきゃギィと戦えないって話ですから。あとグランベルがここでまた活躍するとはびっくりでした。

伏瀬　グランベルとダムラダが古くからの友人だった設定がここで出てきてるので、突き詰めれば整合性が合わなくなる可能性があるので突き詰めないでください（笑）。漫画でやるときはもうちょっと古くからの付き合い感を出してねって感じです。

伊藤　そうやってフィードバックしながら漫画は作られていますからね。

伏瀬　漫画が完全版と言われる所以です（笑）。

伊藤　すでに話しましたが、シズさんのキャラクターがしっかり固まったのが4巻で、ちょうどその頃に漫画に出ているんです。

伏瀬　だからシズさんの聖母感が書籍版より増しているんです。

伊藤　そうなんですよね。

伏瀬　リムルへの接し方もWEB版で全然駄目だったのが書籍版でましになり、漫画で完成版になっています。

伊藤　そんな聖母感のあるシズさんで

マサユキの活躍がカッコよかった！

すら、書き下ろし（※アニメ1期BDブックレット収録）で残念っぽくなってましたけどね（笑）。結局残念属性がつくんだなと。それも『転スラ』キャラの魅力かなとは思ってますけどね。

伏瀬　書き下ろしでは残念なところが目立ちましたね。

伊藤　公平に人を見ているようで意外と贔屓するんだなと思いました（笑）。

伏瀬　なるべく公平に努めようとしてるだけなんです。

伊藤　あと意外と食い意地が張ってますし。

20巻完結をあきらめたくない

伊藤　あとがきでは「今回初めて、締め切りを1ヶ月延ばしてもらいました」って言ってますね。

伏瀬　よくあることです。

伊藤　いやいや（笑）。初めてって書いてますけど。実際、アニメや漫画などいろいろなところからの仕事が増えてしまったんですよね。僕もそれをわかってるので、ちょっと前みたいにはいかないなと。

伏瀬　あとこの巻は挿絵が入ってないんですよ。

伊藤　みっつばーさんが体調を崩されていたんですよね。まず発売が1ヶ月延びてるのが伏瀬さんの締め切りに間に合わない問題で、あと1ヶ月はみっつばーさんの快復を待ってたんですが、ちょっと戻らなかったんですよね。なので、19巻に入れる予定だった挿絵をいくつかここで公開できればと思います（※46ページをチェック）。

伏瀬　20巻のときは本当に書けなくてスランプだって言って東京に出てきて書いてるんですよ。

伊藤　19巻のときは違いましたっけ？

伏瀬　家で書きました。その頃からスランプだって言ってましたけど、20巻のときはもっとヤバくて。終わりが近づいて来てるというのもありますが、19巻のスランプの理由は単純に20巻で終わらせることをまだ諦めてなくて、でもどう考えても無理だなっていう感じで悩んでたんです。

伊藤　正直ね、関係者全員何言ってんだろうなと思いました（笑）。

伏瀬　無理だろうって（笑）。

伊藤　ここでも「残り3冊（予定）は、こんな感じで突っ走りたいと思います！」と言って20巻があって、あと2冊。ゴールまでずっとあと3冊なんです（笑）。

伏瀬　21巻を出して22巻で締めです。

伊藤　いやいや（笑）。ただ想定を言ってるだけですね。あと、19巻は敵の勢力の掘り下げもありましたね。

伏瀬　幻獣族《クリプテッド》とかどこから湧いてきた？　っていう話ですね。あとジャヒルが活躍しています。

伊藤　やっぱり敵勢力の話が多いですかね。

伏瀬　WEB版とは流れが違うぞってなってますから。

伊藤　蟲魔族《インセクター》の軍団はある程度設定が決まってたんですか？

伏瀬　あれは書きながら考えたので変なんですよね。

伊藤　なんでこんなにいっぱいいるんだよって思いました（笑）。

転スラ Special コラム 「マサユキ！」

伊藤　WEB版でヒナタを助けにマサユキが駆けつけたとき、感想欄が「マ〜サユキッ！」で埋まっていて驚愕しました。

伏瀬　ヒナタがボロボロになってすごく重い空気感のところにギャグキャラを投入するっていう展開でしたから。

伊藤　あれは素晴らしかったですよ。

伏瀬　「マサユキは負けるはずない！」っていう安心感がありますし。

伊藤　そういうふうに描いてしまってますからね。

伏瀬　どんなやり方で絶望を覆すのか、読み続けてくれている読者さんの反応を予想して書きました。

伊藤　だからあの熱狂みたいなものが生まれたわけですね。

NOVEL Vol. 19
幻のイラストギャラリー

みっつばー先生に
19巻収録予定だった挿絵を３点
描き下ろしてもらったぞ！

「千手影殺《せんじゅえいさつ》」

「は？」
影が伸び、アリオスを搦めとる。
「ま、待て――――」
そのまま動きを封じたソウエイは、
手に持つ双剣でアリオスの
心臓を破壊
したのだった。

19巻53ページ
アリオスに「千手影殺《せんじゅえいさつ》」を放つソウエイ。

「リムル先生《さん》、助けに来たよ！」

そうだ、クロエだ。
ミカエルの剣に対して為す術もなかった俺の前に、周囲に銀光を撒き散らすかの如く**黒銀髪の長髪が**
サラサラと靡《なび》いた。

19巻261ページ
ミカエルに苦戦するリムルをクロエが助けに来た!

「一体だけなら勝てちゃうんだよな」

そう呟きつつ、久方ぶりに本気モードを披露する事にした。大気中に散らせていた極小の『分身体』を集合させて、真の姿へと戻ったのだ。

19巻286ページ
モスは邪龍獣に対し〝勝つ〟戦い方を選択した。

転スラ Special コラム

涙の没キャラ設定集!

みっつばー先生のイラスト倉庫から完成前のキャラデザインを大公開!

ヴェノム

⬅黒で統一したパンクファッション。黒髪ツンツンヘアーでかなり印象が変わる。

ヴェルグリンド

➡下ろした髪と燃えるような尾が特徴的。ルドラと出会う前のイメージに近いかも!?

覚醒フェルドウェイ

➡絶望した己の心を写したような禍々しい鎧。天使というより魔王のイメージが強い姿だ。

ヴェルザード

➡完成デザインよりも服の装飾が多めとなっている。おでかけ服としての登場もアリ!?

ゼラヌス

⬆➡怪獣色強めの姿とゼギオンに近い姿の2案が存在。これらを融合してデザインが完成。

マリアベル

⬅10巻対談で話題に出ていた小金持ちデザイン。『不思議の国のアリス』感が出ている。

NOVEL Vol.20について 伏瀬先生 伊藤編集 対談

みっつばーコメント ここまで意外と白いイメージの表紙がなかったのでチャレンジ。ミリムの髪が差し色にもなって綺麗な絵になったかなと。

伏瀬 ついに暴走したミリム。暴走したらこんなにヤバいんだっていうのを書きました。

伊藤 ここでミリムの暴走が入ったから、僕はあと2冊じゃ終わらないんじゃないかっていう気がしてますけど……。

伏瀬 そんなことないですよ。

伊藤 もう1冊必要な気がするけどなあ。

伏瀬 予定では21巻のあとがきで「次回ついに完結です！」っていう一言が載るかもしれないです。

伊藤 じゃあ、この対談を読んでから21巻のあとがきを読んでみます(笑)。

伏瀬 世の中には完結編にその1ってつく作品もあるので……。

伊藤 それなら完結編上・中・下ですかね？ また3冊(笑)。

伏瀬 上・中・下はまだいいですよ。完結編1になったらいよいよ何考えてるんだろうなって思います(笑)。「1」ってついた時点でいくつまで続くんだろうってなりますよ。

伊藤 20巻でもそうでしたけどWEB版よりもルミナスの存在感が増してますよね。僕はルミナスが好きなんで、読んでて嬉しい限りなんですけど。

伏瀬 でもね、ルミナスの活躍がいまいちまだピンときてないんです。戦わせないといけないんですが、どうさせるかが問題なんです。未来の僕が頑張っていると思います(笑)。

伊藤 あとがきにも書いてますね。「それどころではなくいろいろと問題が山積しまして、本当に大変だったというのが実情です」ここにいろいろ込められてますね。

伏瀬 恨みつらみが(笑)。

伊藤 ほかにも「具体的に言うと、スランプでした。精神的に書く気が全く起きない……」とあります。ここから東京のホテルに滞在して書くっていう話が出てきたんですね。20巻ではみっつばー先生も復帰されました。まだ全然万全ではなかったんですが、イラストを描くのは大丈夫ということになったんです。

伏瀬 復帰されて本当に良かった。

伊藤 あと、ここでアダルマンもイケ

ヴェルザードは自己中の極み。

メン化しました。簡単にデザインを変えるんですよ。

伏瀬　骨じゃなくなりました。

伊藤　でも勿体なくないですか？　せっかくの骸骨《スケルトン》という特性がなくなっちゃうじゃないですか。イケメンはいっぱいいるから、新しくイケメン枠を増やしてもなって僕は思ってるんですけど。

伏瀬　そこはまあ、最後の巻なんで（笑）。

伊藤　そこはまたあとでちょっと相談させてください（笑）。

伏瀬　あと、この巻はミリムの暴走がヤバいのと、ヴェルザードが何考えてるかわかんなくてヤバいんです。

伊藤　ヴェルザードはここ数巻、ずっと何考えているかわかんないっすよね。

伏瀬　多分良いことは考えてないと思います。自己中の極みみたいなキャラだから（笑）。

伊藤　ますますギィがかわいそうになってきてるんですけど……。

伏瀬　そういえば21巻が終わった段階で22巻がまとまるかって考えたら、ギィVSヴェルザードもあるんですよね（笑）。冷静に考えたら22巻に入れなきゃいけない。

伊藤　無理やり入れなくてもいいんですよ。別にそんな制限を考えなければ自由に書けるんだから考えなきゃいいのに。20巻で綺麗に終わらす構想が、この時点で崩れてるんですから。

伏瀬　もう30巻で綺麗に終わらせましょうか（笑）。

伊藤　頑張ってくださいとしか言えないですが、僕はやっぱりもう1冊いると思いますけど（笑）。22巻で終わらせるために何か端折ってたらそこは書いてくださいって言いますよ。

伏瀬　ヴェルザード戦でしょ、ジャヒルでしょ、あとルミナスの活躍にイヴァラージェ。詰め込みすぎでしょ（笑）。

伊藤　あとどこかでヴェルダナーヴァの過去も必要じゃないですか。

伏瀬　おかしいなあ……頑張れます？

伊藤　頑張るのは伏瀬さんですから（笑）。僕は制限をかけてないですよ。伏瀬さんが自分で勝手に縛りをつけてるだけですからね！

ガビルの特別待遇

伊藤　20巻では今までやってなかったことを1ヶ所だけやってるんですよね。ライトノベルって書体を文字単体で変えることがあるんですが、ガビルがスフィアにカッコイイって言われたところだけ変えてるんです。伏瀬さんが変えて欲しいって言ったんですけど「今まで1回もやってないけど、本当にここだけやるんですか？（笑）」って確認しましたから。

伏瀬　思い入れのあるシーンだったから（笑）。

伊藤　それにしてもここだけ（笑）。

伏瀬　アニメでガビルを演じている福島潤さんは「ガビルは1回だけやり直す能力を持ってるから」みたいなことを言っていて、読んでくれてるんだって思いました。

伊藤　ありがたいなって気持ちになりますよね。

伏瀬　そうそう。ガビルの1回だけやり直せる能力は書籍版にしか登場してないですから。

伊藤　ガビルはこのままスフィアとイイ感じで順調に行くっていうのはちょっと違うかなと思ってますよ。まだまだ試練があってほしいですね。モテたらガビルじゃない。

伏瀬　伊藤さん、恋愛には厳しいですね（笑）。

伊藤　悲愴な恋愛が良いです。今回はなんかイチャついてましたよ、こいつら。やっぱりカレラと近藤ですよ。

伏瀬　恋愛関係がないキャラを出しても（笑）。

伊藤　そうなんですけど、何か通ずるものがあるというか、気にかけてるというか。近藤が銃を託しますから、かっこ良いよなって思います。

転スラ Special コラム
原稿を書き終えた伏瀬先生の姿

伊藤　伏瀬さんは原稿を書き終えたら何をしているんですか？

伏瀬　特に何もしないですね。次の巻の構想を考えながら過ごしています。

伊藤　体は休ませているけど、頭の中はフル回転ということですね。

伏瀬　インプット期間です。アニメ見たり漫画を読んだりしますけど（笑）。

伊藤　（笑）。

伏瀬　でも実際、心に余裕を持っていないと創作活動は難しいと思っています。ハングリー精神で書ける人もいるでしょうけど、僕は余裕がないと書けませんね。ただ、『転スラ』に関しては、最後まで書いてから休めよとは自分でも思っているんですが、自宅に帰るとゆっくりしちゃいます。

NOVEL Vol.21について 伏瀬先生 伊藤編集 対談

みつばーコメント
ディアブロの色気とゼギオンの力強さ、異なるかっこ良さをリムルの可愛さで繋ぎ合わせる。いい感じにバランスがとれたと思います！

伊藤 21巻は初稿をいただいてから、細かな修正をお願いしたくらいで基本的に内容について修正はなかったですね。と言っても、毎回内容を直してもらうことはほとんどないですが。

伏瀬 僕と伊藤さんの間では信頼関係で進めている部分もありますよね。21巻に関しては、ほぼ打ち合わせなしで書いてるんじゃないかなっていう感じです。確か、地下迷宮を侵略する話というくらいのことは伝えていたはず。

伊藤 そうですね。これだけ続いてるものですし、伏瀬さんを信頼していますから！

伏瀬 いきなりゼギオンが死んでたら、さすがに「何考えてるんですか！」ってツッコミが入ると思いますけど（笑）。

伊藤 まあさすがにそれはないと思うので（笑）。内容に触れると迷宮でのバトルはいろいろなパターンがあったんですか？

伏瀬 ありましたよ。書き終えたときは「これしかない」って思うんですが、書くまではいくつものルートが頭の中にあるので、どれがいいのか何度も何度も考えて書いています。一番初めに考えていたのは、迷宮でのゼラヌス戦でディアブロが負けて、次にゼギオンが負け、最後にディアブロが復活して瞬殺するという案がありました。でも、そうするために誰と誰が戦うのかが決まってなかったんですよ。確定してるのはゼラヌスVSゼギオンだけでしたし、ゼギオンが負けたままディアブロがゼラヌスを倒すというのも意味がないので変えました。

伊藤 迷宮戦はキャラが多いので組み合わせが大変ですよね。

伏瀬 ここはやっぱりゼギオンに勝たせないといけないというところで、ヴェガにゼラヌスを喰わせたら、より強そうに見えるかなみたいなことは頭の中で考えていました。書きたい場面はあるんですけど、どうすれば無理なく繋げられるかを考えるのが一番大変なんです。これができないと書き始められないんです。

伊藤 そういえば、ヴェガの能力では校正のときに指摘がありましたよね。

伏瀬 そうですね。校正さんのおかげで致命的なミスをいくつか潰すことができました。

今回の主役はゼギオンとディアブロ。

伊藤　膨大で複雑な能力の全貌を把握するのは大変ですから、編集作業で矛盾がないかをチェックする感じです。

伏瀬　僕の中ではいけると思っていても、それを説明する文章力が足りていないことがあるので悩みどころです。校正さんが読んで意味がわからない部分は文章を追加した方が良いのかなって思いますね。

伊藤　そんな複雑化した能力戦も伏瀬さんの中ではちゃんと繋がっているんですよ。たまに繋がってないときもありますけど……(笑)。

伏瀬　たまにね。ゼロではないですね(笑)。

伊藤　21巻で印象的だった部分はありますか。

伏瀬　くり返しになってしまうんですが、ゼギオンVSゼラヌスですかね。ゼラヌスをどうやって倒させようかと考えていて、やっぱりゼギオンが親を超えないといけないなと。実際に書いてみて、上手くまとまったと自分では思っています。

伊藤　ずっとゼギオン回と言ってましたよね。

伏瀬　書き終わってないときから、今回の主役はゼギオンとディアブロと言っていて、表紙もこのふたりで良いんじゃないのってことで、見せ場は決まっていたんですよ。

伊藤　あと、ディーノたちの戦いでWEB版から意識したことはありますか?

伏瀬　WEB版ではマイが迷宮に入っていないんですよね。マイのキャラも薄かったから、ディーノたちと絡ませて、会話も増やしたので意外と良いキャラにまとまったかなと思っています。

伊藤　マイの能力は文字にすると表現が難しそうですよね。

伏瀬　転移系は能力を使うためには、一瞬ですけど「間」が必要なんです。超越者同士の戦い中で、その一瞬の「間」を文章にするのが難しいんですよ。マイは、その必要な一瞬がないからヤバいっていうのをどう伝えればいいのかなって。あと、攻撃力がないので戦いではそこまで脅威じゃないです。使いこなせたらとんでもないけど、やっぱりそれを表現するのが難しい(笑)。

伊藤　そして次巻ではリムルもいよいよ活躍しそうです。最初はリムルを出すか迷ってましたよね。

伏瀬　そうですね。伊藤さんに相談して、主人公は出した方が良いよねということであの終わり方になりました。リムルは本人が思ってる以上に手がつけられない状態になっているというのが、この巻でわかっていただければいいかなと思います。同時に、そんなリムルと戦うことになるラスボスにはどれだけ頑張ってもらわないといけないんだろうって悩んでいますね(笑)。

22巻完結は可能か!?

伊藤　次で最終巻というのは無理っぽいなと感じていますが、伏瀬さんはどうですか?

伏瀬　いけると思っています。どれだけ分厚くなろうと22巻と言えば大丈夫ですから(笑)。22巻上や22巻下という可能性も否定できないです(笑)。

伊藤　編集者の立場から言うと、片付けなきゃいけない話が結構残ってるんですよ。だから次巻完結は難しいと思います。

伏瀬　相当まいて書かないと厳しいですかね……。

伊藤　もう20巻で終わらせる縛りはないので、まく必要はないんですよ。

伏瀬　だた、切りのいいところで終わらせると、23巻分にするほどのボリュームがないと思うんです。まずは最後まで書き終えて、分厚くなったらそのとき考えます。

伊藤　そうなったら23巻にしますよ。22巻を書いている途中でボリュームは増えると思いますが、23巻で収まるボリュームにはなりそうですけどね。あと、足りなければ足してしまえばいいので、そこは問題ないんじゃないかなって思っています。

伏瀬　でも、23巻の半分ぐらいで完結して、残りで新章が始まってたら「あれ?」ってなりますよ(笑)。

伊藤　じゃあ結局終わらないじゃないですか(笑)。

作者分析《オーサーアナライズ》 伏瀬先生 1問1答!

伏瀬先生にプライベートや『転スラ』にまつわる質問をしたぞ！　お茶目な一面が垣間見える!!

01 どんな性格？
穏やかで理知的（笑）。

02 特技は？
小説が書けます。

03 好きなゲームは？
『タクティクスオウガ』。

04 嫌いな食べ物は？
こんにゃく。あと、**チーズ**も嫌いだけどピザとかなら食べます。

05 好きなスポーツは？
空手や**ボクシング**といった**格闘技**が好きですね。

06 好きな動物は？
猫。

07 好きな色は？
青。

08 好きな食べ物は？
焼き肉。やっぱり肉です。

09 好きな焼肉の部位は？
上ロース。

10 毎日でも食べたいものは？
うに牛。でも毎日食べると絶対飽きると思います。

11 好きな飲み物は？
コーヒー。

12 好きな調味料は？
甘口醤油。

13 好きな音楽は？
TM NETWORKの『**BEYOND THE TIME**』や『**Get Wild**』。基本的にはバラード系が好きですが、例に挙げたようなアニソンも大好きです。

14 初めて買ったCDは？
『残酷な天使のテーゼ』。

15 最近よく聞く音楽アーティストは？
米津玄師さんですかね。

16 よく観るテレビ番組は？
ニュース番組しか観ないです。なので最近の芸能人がほとんどわかりません（笑）。

17 思い出の映画は？
『風の谷のナウシカ』、**『ルパン三世 カリオストロの城』**。

18 好きなお笑い芸人は？
明石家さんまさん。

19 初めて買った漫画は？
『ウイングマン』。

20 好きな漫画は？
『ファイブスター物語』、**『幽☆遊☆白書』**、その他多数。

21 好きなラノベ・漫画のジャンルは？
最近は**悪役令嬢系の作品**をよく読んでいます。

22 好きなファッションブランドは？
アルマーニ。

23 好きな季節は？
春。

24 宝物はある？
特にないですね。

25 好きなTRPGは？
『ソード・ワールドRPG』、**『ガープス・妖魔夜行』**、**『ウィザードリィRPG』**。

26 好きな作家は？
富野由悠季さん。

27 休日の過ごし方は？
漫画を読んでダラダラ過ごします。

28 行ってみたい国は？
アメリカ。実は僕、日本から出たことがないんですよ。

29 乗ってみたい車は？
フェラーリ。

30 座右の銘は？
なせばなるとかですが、以前にインタビューで自分なりの言葉である**「想像力は身を助ける」**を挙げたので、それでお願いします（笑）。

31 今ハマっていることは？
そんな余裕がありません……（笑）。
※取材時21巻を執筆中！

32 料理はする？
しませんね。厨房には入らないです。

33 朝食はご飯派？ パン派？
どっちでもいいですね。

34 プチ自慢は？
ほどよく頭が良いこと。
※暗記は苦手です（笑）。

35 作品作りで影響を受けた本は？
たくさんありすぎて1つに絞れないですが、『**ファイブスター物語**』と『**ガラスの仮面**』は真っ先に出てきます。

36 幸せを感じる瞬間はどんなとき？
執筆を終えた瞬間。めっちゃ幸せ。

37 ストレス解消法は？
ばあっとお金を使う。

38 今一番欲しいものは？
独身なので、**理解のある彼女**ですかね（笑）。

39 肌身離さず持っているものは？
スマホくらいです。

40 インドア？ アウトドア？
インドア。

41 最近やってしまった失敗は？
私、失敗しませんから。
……しても忘れるんです（笑）。

42 最近の悩みごとは？
締め切りがヤバい。

43 思い出せる一番古い記憶は？
お風呂に入ってるとか、そんな記憶ですね。

44 どんな子供時代だった？
ほどよく**要領が良くて、**
ほどよく**サボってました。**

45 学生時代に得意だった教科は？
国語と**数学**。

46 学生時代に入っていた部活は？
少林寺拳法。

47 学生時代の最高の思い出は？
男子校という暗黒の学生時代だったので……（笑）、特にないです。

48 よく使うSNSは？
SNSはやっていません。

49 これまでの人生で最高の思い出は？
『**転スラ**』の**書籍化**ですね。

50 ずっと続けているルーティンは？
毎日漫画を読む。

51 自分にとってのバイブルはありますか？

『3×3 EYES』。

52 小説家になるまでの仕事は？

道路工事監督。

53 ついついやってしまうことは？

自慢ですかね。

誰も褒めてくれないから……。

54 執筆で苦労していることは？

全部です（笑）。
強いて言うなら必殺技の名前と効果を考えることですね。

55 行ってみたい街は？

ラスベガス。

56 最近あった恥ずかしいことは？

多々ありますが、ぱっと思いつかないです。

57 苦手なことは？

喋るのを我慢すること。

58 自分を漢字一文字で例えるなら？

一文字では例えられないですね。

59 生活スタイルは朝型？ 夜型？

夜型。

60 尊敬している人は？

織田信長。

61 ツッコミ？ ボケ？

両方いけますけど**ボケが多いです**。担当編集さんとかにツッコんでもらうために、**あえてボケてますから**（笑）。

62 最近の出来事で記憶に残っていることは？

特に何も残ってないです。

63 執筆に使っている道具は？

Surface Pro8だったのですが、**VAIO SX12『勝色特別仕様』**に変更しました。

64 1日の執筆時間は？

4時間。お昼に2時間書いて、夜に2時間書く感じです。

65 普段の睡眠時間は？

お昼寝を2時間して、夜は6時間寝て**大体8時間は寝ている**と思います。

66 今後挑戦したいことは？

特にないです。名前を変えて、隠れて執筆するようなことも考えていません。

67 1度だけ過去と未来に行けるとしたらどっちに行く？

昔はタイムトラベルしたかったんですけど、今はしたくなくなりましたね。というのも過去に戻ってやり直すのもしんどいですし、未来のこともそんなに知りたくないんですよ（笑）。

68 リムルの好きな女性のタイプは？

ヒナタかな。**リムル**というよりは**三上悟**が好きな女性のタイプになります。

69 動かしやすいキャラは？

レイン。

70 動かしづらいキャラは？

レオン。

71 上司にしたいキャラは？

リムル。

72 部下にしたいキャラは？

ディアブロ、ソウエイ、ゲルド。

73 マブダチになれそうなキャラは？

ゴブタ。

74 仲良くなれそうにないキャラは？

ジャヒル。

75 作中で他の国に移住するのはハードルが高いの？

低いです。

むしろ追い出されることが多いですね。国の中で協調性がなければ出て行きなさいってあっさりと言われて、それが罰になる感じです。

リムルが暮らす世界では皆が協力しないと生きていけないですから。

76 リムル以外のスライムの色は基本何色？

青色です。

たまに赤いやつがいますね。

77 フィギュアにしてほしいキャラは？

ヴェルグリンドや、悪魔三人娘ですかね。個人依頼で誰か作って欲しいですね（笑）。

78 クロベエに作ってもらうなら何？

ライトセーバーかな。無茶ぶりすぎですね（笑）。

79 外伝を書いてあげたいキャラは？

今のところは**ユウキ**と**レイン**。

80 各魔王は何をして1日を過ごしているの？

多分みんな仕事をしてます。

81 作中で住みたい国は？

テンペスト。

82 作中で観光するならどの国？

ジスターヴの地下迷宮。

83 テンペストで所属するならどの組織？

どの部署もしんどそうだなあ（笑）。上がサボらない組織はヤバいんですよ。ゲルドの下で働くのが一番幸せかも。

84 テンペストで売られているもので一番人気は？

ケーキ。

85 作中で食べてみたい料理は？

牛鹿の焼肉。

86 テンペスト地下迷宮《ダンジョン》に挑戦するなら誰とPTを組む？

ギィと**マサユキ**と**ディアブロ**、そして**ルミナス**の4人とPTを組んだら全クリできます。**マサユキ**の幸運で**ギィ**と**ディアブロ**が超強化され、**ルミナス**が回復をする。

これなら絶対ヴェルドラにも勝てる！

87 作中で使ってみたいスキルは？

核撃魔法。

88 作中でスポーツを流行らせるなら何？

ドッジボール。

89 テンペスト地下迷宮《ダンジョン》でアバターを作るなら何？

幽霊《ゴースト》かな。空飛べるし。

90 自分に似ているキャラは？

三上悟。

91 原初の悪魔でお気に入りのキャラは？

全員お気に入りだけど、とりあえず今のところは**レイン**です。

92 八星魔王《オクタグラム》でお気に入りのキャラは？

ルミナス。

93 テンペストでお気に入りのキャラは？

ゲルドかな。

94 迷宮十傑でお気に入りのキャラは？

ゼギオン。

95 お気に入りのサブキャラは？

ミョルマイルくん。

96 作中でお笑いコンビを結成させるなら誰？

難しいですが、**ゴブタ**と**ガビル**（笑）。

97 作中でバンドを組ませるなら誰？

シュナと**シオン**と**ディアブロ**と**ベニマル**かな。**ディアブロ**がボーカルなイメージで、**シュナ**がキーボード、**シオン**がドラムで**ベニマル**がギター。というのが、グッズであった気がします。

98 伊藤編集に一言

今後もいろいろ相談に乗ってください！

99 みっつばーさんに一言

いつも素晴らしいイラストをありがとうございます！

100 読者の皆さんへ向けて一言

完結へ向けて頑張ります！

熾烈さを増す

天魔大戦!!

両軍主力キャラ 最新ステータス

魔王軍と天使軍による大戦争、天魔大戦。参戦中の主要キャラの現状を、最新データと合わせて紹介。

魔王軍

STATUS ステータス

- 種族：最上位聖魔霊‐竜魔粘性星神体《アルティメットスライム》
- EP：868万1123（竜魔刀＋228万）／推定1億以上（竜種解放解除時）
- 主なスキル：虚空之神《アザトース》　豊穣之王《シュブ・ニグラト》　※神智核《マナス》　シエル
- 主な使用魔法・技：神之怒《メギド》　神之瞳《アルゴス》　時空間跳躍《タイムワープ》　虚無の剣撃《イマジナリーブレード》　虚崩朧《こほうろう》・千変万華《せんぺんばんか》

リムル＝テンペスト

Rimuru Tempest

竜の力を得た最強スライム！

元は日本のサラリーマンだったが、スライムに転生した。ジュラ・テンペスト連邦国の盟主として、人間と魔物が共存する国家を作ることを目標としている。東の帝国との戦争後、世界の命運を懸けてフェルドウェイ率いる天の軍勢と異界からの侵略者たちの連合軍との大戦に臨む。大戦初期から世界各地に部下を派遣し、戦いを優位に進めていたが、暴走したミリムを相手にしている最中、フェルドウェイが繰り出した〝時空跳激《クロノサルテー》震覇《ション》〟で〝果ての世界〟へと跳ばされてしまう。現在はシエルが獲得した新たな権能『時空間跳躍《タイムワープ》』で、跳ばされる前の世界に向かっている。

進化した相棒・シエル

元はリムルのユニークスキル「大賢者《エイチアルモノ》」。魔王となった際に究極能力《アルティメットスキル》「智慧之王《ラファエル》」に進化し、名付けを経て神智核《マナス》・シエルとして覚醒。自我を持つようになり、頼れる相棒として万事に活躍。時にはリムルの想定を超えることも多い。

Shuna シュナ

魔王軍

STATUS ステータス

- 種族：妖鬼《オニ》
- EP：不明
- 主なスキル：導之巫女《ヤオヨロズ》
- 主な使用魔法・技：模倣改変《イミテーション》
  対魔属性結界《アライメントフィールド》　霊子暴走《オーバードライブ》

魔王軍を優しく支える巫女

優れた解析能力で陣営を支える、ベニマルの妹。大戦では、降伏したディーノの権能を模倣しディーノたちの権能を書き換え、正義之《ミカエ》王《ル》によって架せられた〝支配回路〟を除去する。

Benimaru ベニマル

魔王軍

STATUS ステータス

- 種族：鬼神＝上位聖魔霊-炎霊鬼
- EP：439万7778(紅蓮＋114万)
- 主なスキル：陽炎之王《アマテラス》
- 主な使用魔法・技：陽光黒炎覇加速励起《プロミネンスアクセラレーション》
  陽炎
  朧黒炎・百華繚乱

頼れる魔王軍総司令官！

テンペストの侍大将。大戦では総司令として全軍を指揮。サリオン防衛戦にて、一度は苦汁を嘗めさせられたジャヒルと再戦。卓越した指揮能力を発揮し、逃亡に追い込んだ。

Soei ソウエイ

魔王軍

STATUS ステータス

- 種族：鬼神＝中位聖魔霊-闇霊鬼
- EP：128万1162
- 主なスキル：月影之王《ツクヨミ》
- 主な使用魔法・技：千手陰殺　暗死の一撃《アサシネイト》
  千手影殺　操糸妖縛陣

影に潜みし仕事人

テンペストの隠密。ベニマルと共にサリオン防衛戦に出撃し、ザラリオと交戦。レオンを主体とし、自らは補助役として戦闘を優位に進めることでザラリオの離反に繋げた。

Shion シオン

魔王軍

STATUS ステータス

- 種族：闘霊鬼(上位聖魔霊)
- EP：422万9140
  (神・剛力丸＋108万)
- 主なスキル：暴虐之王《スサノオ》
- 主な使用魔法・技：真・天地活殺崩誕《カオティックフェイト》
  断頭鬼刃

不屈の秘書戦士

リムルの秘書だが、戦力として前線に出ることが多い。大戦時は紫克衆《ヨミガエリ》を率いてルベリオスの防衛に向かい、ダグリュールと激突。苦戦を強いられるも究極能力《アルティメットスキル》を得て一矢報いた。

Ranga ランガ

魔王軍

STATUS ステータス

- 種族：神狼＝
  上位聖魔霊-風霊狼《ふうれいろう》
- EP：434万0084
- 主なスキル：星風之王《ハストゥール》
- 主な使用魔法・技：死を呼ぶ風　破滅の嵐
  終末魔狼演舞《アポカリプス・ハウリング》

ゴブタと組む主《リムル》の忠狼

リムルの忠実な配下《ペット》。大戦序盤ではエルドラド防衛戦でヴェガを撤退に追い込む。さらに、ミリム領に侵攻してきたピリオド率いる蟲魔族《インセクター》を、ゴブタとのコンビで迎撃した。

Gobta ゴブタ

魔王軍

STATUS ステータス

- 種族：人鬼族《ホブゴブリン》　EP：2万弱
- 主なスキル：影移動
  魔狼召喚《オレニチカラヲ》　魔狼合一《ヘンシン》
- 主な使用魔法・技：回し蹴り
  疾風魔狼演舞《ダンス・ウィズ・ウルブス》(魔狼合一《ヘンシン》時)
  終末魔狼演舞《アポカリプス・ハウリング》(魔狼合一《ヘンシン》時)

戦闘センス抜群のお調子者

テンペスト四天王のひとり。ミリム領にて戦闘中のフォビオの窮地を救い、ランガとの巧みな連携で蟲魔族《インセクター》を苦しめる。戦闘後は機動力と危機察知能力を活かし、偵察任務に従事。

Geld

魔王軍

ゲルド

STATUS ステータス

- 種族：猪神＝上位聖魔霊-地霊猪
- EP：237万8749
- 主なスキル：美食之王《ベルゼバブ》
- 主な使用魔法・技：猪突猛震撃《カオスラッシュ》 混沌喰《カオスイーター》

仕事も戦いも妥協なし！

テンペストの防衛を担う。ミリム領での戦いでは蟲将・ムジカと対峙し、ミッドレイによる勝利の一助に。さらに迷宮に侵入したガラシャとの対決でも、死闘の末に勝利する。

Gabiru

魔王軍

ガビル

STATUS ステータス

- 種族：真・龍人族《ドラゴニュート》＝中位聖魔霊-水霊龍
- EP：126万3824（水渦槍《ボルテクススピア》＋100万）
- 主なスキル：心理之王《ムードメーカー》
- 主な使用魔法・技：渦槍水流撃《ボルテクススラッシュ》

モテ期が到来したトリックスター

テンペストのムードメーカー。リムルの命で飛竜衆《ヒリュウ》を率いてミリム領に出陣し、蟲将ビートホップと交戦、三獣士・スフィアと共闘することで撃破した。

Diablo

魔王軍

ディアブロ

STATUS ステータス

- 種族：魔神《マジン》＝原初の七柱-悪魔王《デヴィルロード》
- EP：666万6666
- 主なスキル：誘惑之王《アザゼル》
- 主な使用魔法・技：崩壊する世界《エンド・オブ・ワールド》 終末世界への鎮魂歌《エンド・オブ・ワールド・レクイエム》 絶望の時間《ディスペアータイム》

リムル一筋の素敵執事

リムルの秘書兼護衛役。大戦序盤、エルドラドでザラリオと互角以上の戦いを見せる。その後の迷宮防衛戦では、迷宮の侵蝕を狙うヴェガの企みを阻止しヴェガ細胞を消滅させた。

Veldora

魔王軍

ヴェルドラ

STATUS ステータス

- 種族：最上位聖魔霊-竜種
- EP：8812万6579
- 主なスキル：混沌之王《ナイアルラトホテップ》
- 主な使用魔法・技：豊穣なる神秘の波動《ファータイルパラドックス》 雷嵐咆哮《サンダーストーム》 竜爪滅撃《ドラゴンクロー》 竜翼翔斬刃《ウイングブレード》

危機すら笑うリムルの盟友！

リムルの盟友にしてテンペストの秘密兵器。迷宮の防衛に専念していたが、ダグリュールと戦闘中のルミナスとシオンの危機を察知し、救出。激闘を経て、ダグリュールを下した。

Ultima

魔王軍

ウルティマ

STATUS ステータス

- 種族：魔神《マジン》＝原初の七柱-悪魔王《デヴィルロード》
- EP：266万8816
- 主なスキル：死毒之王《サマエル》
- 主な使用魔法・技：破滅の炎《ニュークリアフレイム》 虚無消失獄《ニヒリスティックバニシュ》 紅蛇死毒手《ブラッディーバイト》

天魔大戦はやる気全開！

テンペストの検事総長。大戦ではダマルガニアでピコ＆ガラシャと対峙するも、撤退。その後、離反したダグリュールによるルベリオス侵攻を受け、シオンたちと防衛戦に臨んだ。

Testarossa

魔王軍

テスタロッサ

STATUS ステータス

- 種族：魔神《マジン》＝原初の七柱-悪魔王《デヴィルロード》
- EP：333万3124
- 主なスキル：死界之王《ベリアル》
- 主な使用魔法・技：死の祝福《デスストリーク》 白閃滅炎覇《ホワイトフレア》

デキる悪魔に隙はない

テンペストの外交武官。大戦初期は帝国に派遣され、周辺の調略を担う。中盤ではルベリオスにてヒナタと共闘し、ヴェガを撃退。現在はカレラたちを救うため旧ユーラザニアへ。

魔王軍

ミリム・ナーヴァ

STATUS ステータス
- 種族：竜魔人《ドラゴノイド》
- EP：推定1億以上
- 主なスキル：憤怒之王《サタナエル》
- 主な使用魔法・技：竜星爆炎覇《ドラゴ・ノヴァ》
竜星拡散爆《ドラゴ・バスター》

怒りの力は無限大！

魔王にしてリムルの友。自領の防衛中、ミカエルに操られていたヴェルザードの強襲で仲間を倒されたことに激怒し、暴走。その隙をつかれ、フェルドウェイに支配されてしまう。

魔王軍

カレラ

STATUS ステータス
- 種族：魔神《マジン》＝原初の七柱-悪魔王《デヴィルロード》
- EP：701万3351(黄金銃＋337万)
- 主なスキル：死滅之王《アバドン》
- 主な使用魔法・技：重力崩壊《グラビティーコラプス》
終末崩縮消滅波《アビスアナイアレーション》
神滅弾《ジャッジメント》

挨拶代わりの核撃魔法！

テンペストの司法長官。大戦時はミリム領の防衛に派遣される。蟲魔族《インセクター》との戦闘では蟲将ゼスを撃破するが、ゼラヌスの奇襲で戦闘不能に。復帰直後、ピリオドを奇襲し勝利。

魔王軍

ベレッタ

STATUS ステータス
- 種族：聖魔金属生命体《カオスメタロイド》
- EP：197万8743
- 主なスキル：機神之王《デウス・エクス・マキナ》
- 主な使用魔法・技：鉱物支配
地属性操作

気苦労が多いラミリスの右腕《バシリ》

ラミリスの配下で、時に暴走しがちな主の宥め役も務める。大戦ではラミリスの護衛兼迷宮防衛を担当。迷宮内でディーノと1対1で戦い、相手の隙を突いてあっさり勝利した。

魔王軍

ラミリス

STATUS ステータス
- 種族：妖精族《ピクシー》
- EP：不明
- 主なスキル：迷宮創造《チイサナセカイ》
- 主な使用魔法・技：精霊魔法
48の必殺技（自称）
迷宮牢獄

友だち想いな妖精魔王

リムルの同盟者にして妖精姿の魔王。テンペストの地下迷宮《ダンジョン》製作者として、テンペスト及び迷宮の防衛を担当し、迷宮に侵攻してきたディーノたちを捕えることに成功する。

魔王軍

アピト

STATUS ステータス
- 種族：神蜂《シンホウ》
- EP：173万7775
- 主なスキル：女王崇拝《ヴァルキリー》
- 主な使用魔法・技：蟲空領域《こくうりょういき》　女帝の致命針《エンプレススティンガー》
神音幻針《ファンタズムニードル》
無慈悲なる抵抗破壊因子《アナフィラキシーショック》

華麗に舞う蟲の女王

リムルの部下で、迷宮十傑のひとり。ピリオドが消滅した結果、蟲将を統べる資格を持つ唯一の雌となった。迷宮防衛戦ではマイと対決。戦闘中に進化を果たし、圧勝する。

魔王軍

ゼギオン

STATUS ステータス
- 種族：蟲神《コガミ》　最上位聖魔霊-幻霊蟲《げんれいじゅ》
- EP：6888万9143
- 主なスキル：幻想之王《メフィスト》
- 主な使用魔法・技：空間歪曲防御領域《ディストーションフィールド》
幻想増殖波動嵐《デヴァステイターストーム》
幻想次元波動嵐《ディメンションストーム》

地下迷宮《ダンジョン》の絶対強者

リムルの部下で、迷宮十傑の筆頭。迷宮の侵蝕を企むヴェガと交戦。終始圧倒するも、ゼラヌスの奇襲で重傷を負う。だが復活を遂げたあとにゼラヌスと再戦し、見事に撃破する。

魔王軍

アダルマン

STATUS ステータス

▮種族：死霊＝中位聖魔霊−光霊骨

▮EP：87万7333

▮主なスキル：魔道之王《ネクロノミコン》

▮主な使用魔法・技：不死者軍団創造《イモータルレギオン》　爆覇流星嵐《テンペストミーティア》

ウェンティと合体、イケメン化！？

迷宮十傑のひとり。魔王軍に反旗を翻し、ルベリオスに攻め入ったダグリュール軍と激突。ウルティマと協力し、フェンを追い詰める。なおその戦闘後、受肉して骸骨から卒業した。

Kumara

魔王軍

クマラ

STATUS ステータス

▮種族：神狐《ジンコ》

▮EP：200万弱

▮主なスキル：幻獣之王《バハムート》

▮主な使用魔法・技：九尾穿孔撃《きゅうびせんこうげき》

より強く、より妖艶に成長！

迷宮十傑のひとり。ディーノたちが迷宮に侵入した際にピコと激突。空中戦の末、撤退に追い込む。ディーノたちの再侵攻時もピコと再戦。更なる成長を見せつけ勝利。

魔王軍

ルミナス・バレンタイン

STATUS ステータス

▮種族：真血魔霊姫《ハイ・ブラッド》

▮EP：不明

▮主なスキル：色欲之王《アスモデウス》

▮主な使用魔法・技：再誕《リ・バース》　死せる者への鎮魂歌《メモリーエンドレクイエム》　聖域型極大霊子崩壊《サンクチュアリ・ディスインテグレーション》

死闘の中でシオンと意気投合

魔王の一角。離反したダグリュールにより滅亡の危機に瀕するが、ヴェルドラの加勢で救われる。世界に向けた演説で味方を鼓舞した後、聖騎士団を率いて〝天通閣〟にて待機中。

Hinata

魔王軍

坂口日向

STATUS ステータス

▮種族：人間(聖人)

▮EP：100万強（真意の長剣《トルゥース》＋大幅増）

▮主なスキル：数奇之王《フォルトゥーナ》

▮主な使用魔法・技：真意霊覇斬《トルゥースラッシュ》　霊子崩壊《ディスインテグレーション》　七彩終焉刺突撃《デッド・エンド・レインボー》

師の剣《トルゥース》を継ぎ、更なる高みへ！

元・西方聖教会聖騎士団長。騎士団長を辞してからも西方聖教会代表として各国との調整役を担う。現在はイヴァラージェの侵攻に備え、各国の精鋭と共に〝天通閣〟に集結中。

Leon

魔王軍

レオン・クロムウェル

STATUS ステータス

▮種族：人魔族

▮EP：不明

▮主なスキル：光輝之王《スーリヤ》

▮主な使用魔法・技：百裂砕光霊覇《ハンドレッドブレイカー》　百裂閉光霊檻《ハンドレッドプリズン》

シエルによって究極能力《アルティメットスキル》が強化！

黄金郷エルドラドを支配する魔王。暴走したリムルと対峙した際、シエルの作戦に乗ってザラリオと協力して時間を稼いだ。現在はこれまでの激闘で負った傷の治療に専念。

Chloe

魔王軍

クロエ・オベール

STATUS ステータス

▮種族：人間

▮EP：不明

▮主なスキル：時空之神《ヨグ＝ソトホート》

▮主な使用魔法・技：運命流転《リバースフェイト》　時間跳躍《タイムリープ》

可憐なる勇者、完全覚醒！

一時はフェルドウェイに操られたものの、完全な支配は逃れた。リムルとミカエルの戦いに駆け付けた際に、神智核《マナス》・クロノアと一体化を果たす。現在は進化の影響を受け休息中。

魔王軍

ヴェルグリンド

STATUS ステータス
- 種族：最上位聖魔霊-竜種
- EP：7435万0087
- 主なスキル：炎神之王《クトゥグア》
- 主な使用魔法・技：星護結界《スターバリア》　時空連結
  灼熱竜覇加速励起《カーディナルアクセラレーション》

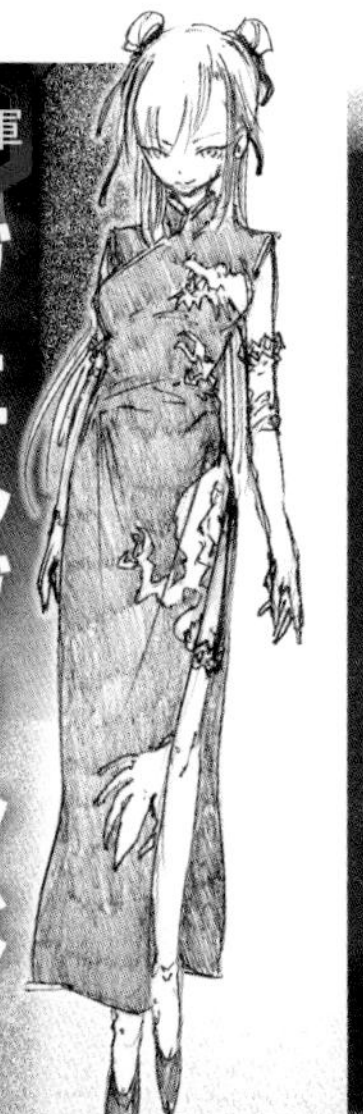

いつでもどこでもマサユキLOVE

ヴェルドラの姉で、〝灼熱竜《カーディナル》〟の異名を持つ竜種。最愛のルドラに執着しており、生まれ変わりのマサユキにもご執心。大戦ではマサユキの護衛として、彼の傍に付き従う。

魔王軍

マサユキ

STATUS ステータス
- 種族：人間
- EP：通常時：不明／英雄之王《シンナルエイユウ》
  発動時：ルドラと同じ
- 主なスキル：英雄之王《シンナルエイユウ》
- 主な使用魔法・技：幸運領域《ラッキーフィールド》
  星王竜閃覇《ノヴァブレイク》（ルドラ降臨時）

チート勇者ここに爆誕！

異世界人。ルドラの生まれ変わりで、帝国皇帝に即位。イングラシアを急襲したフェルドウェイ相手にルドラを顕現させて撃退した。現在は対イヴァラージェ戦に備えている。

魔王軍

エルメシア・エルリュ・サリオン

STATUS ステータス
- 種族：風精人《ハイエルフ》
- EP：推定200万弱
  （円月輪刃《チャクラム》＋増）
- 主なスキル：風天之王《ヴァーユ》
- 主な使用魔法・技：気流操作

母・シルビアと共闘！

魔導王朝サリオンの天帝。サリオン防衛戦ではベニマルに指揮権を譲り、戦況を変えた。戦後、ザラリオと終戦協定を結び、ザラリオ軍の駐屯を認めた。

魔王軍

カガリ

STATUS ステータス
- 種族：妖死族《デスマン》
- EP：300万弱
  （破壊の王笏《ルーインセプター》＋100万強）
- 主なスキル：予言之書《アカスティア》
- 主な使用魔法・技：妖死冥産《バースデイ》

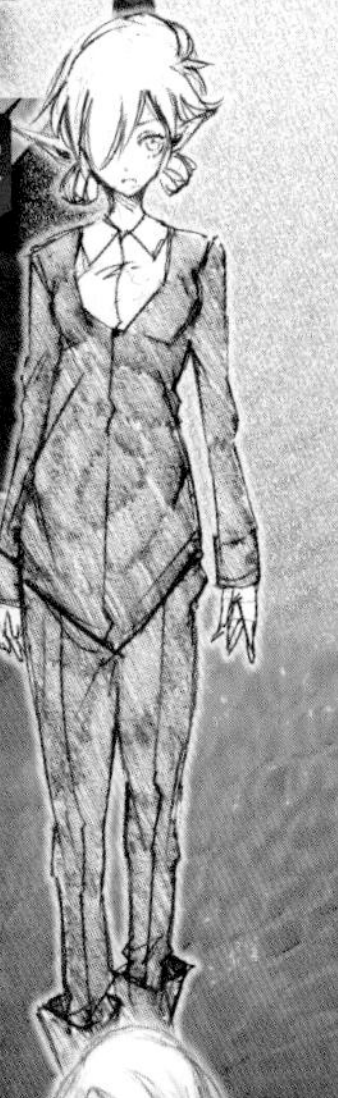

憎き父と因縁の再戦！

元・ユウキの秘書で、かつては魔王の一柱である呪術王カザリーム。サリオン防衛戦ではベニマルの指揮で、ティアたちと共にジャヒルと交戦。戦いを優位に進めるも逃亡を許す。

魔王軍

カリオン

STATUS ステータス
- 種族：獣神《ジュウシン》
  上位聖魔霊-光霊獣《こうれいじゅう》
- EP：277万3537
- 主なスキル：百獣化
- 主な使用魔法・技：獣王閃光吼《バースト・ロア》
  獣魔粒子咆《ビースト・ロア》

フレイと共に竜種《ヴェルザード》に挑む！

ミリム四天王のひとりで元・八星魔王《オクタグラム》。フレイ同様、大戦中に〝真なる魔王〟として覚醒。フレイやミッドレイたちと共にヴェルザードに特攻を仕掛けるが、その反撃で氷像と化した。

魔王軍

フレイ

STATUS ステータス
- 種族：鳥神《チョウジン》　上位聖魔霊-空霊鳥《くうれいちょう》
- EP：194万8734
- 主なスキル：双克者《オナジモノ》
- 主な使用魔法・技：神鳥の爪撃《ガルーダクロー》

勝利はミリムのために！

元・八星魔王《オクタグラム》の一柱で、現ミリム四天王。大戦開始直後に〝真なる魔王〟へと覚醒した。ヴェルザードとミリムの戦いでは、自身がミリムの枷となっていると感じて特攻する。

フェルドウェイ

天使軍

Feldway

STATUS ステータス

- 種族：妖天
- EP：推定約7500万
- 主なスキル：正義之王《ミカエル》 純潔之王《メタトロン》 救恤之王《ラグエル》 忍耐之王《ガブリエル》
- 主な使用魔法・技：王権発動《レガリアドミニオン》 王宮城塞《キャッスルガード》 時空跳激震覇《クロノサルテーション》

世界崩壊を目論む天使軍の首魁

元・始原の七天使にして現〝妖魔王〟。ヴェルダナーヴァの復活と世界の破滅を目的として天魔大戦を起こす。魔王連合の抵抗に苦戦するが、現在は神樹の破壊を狙っている模様。

ザラリオ

天使軍

Zarario

STATUS ステータス

- 種族：妖天
- EP：2000万超
- 主なスキル：審罰之王《メーティス》
- 主な使用魔法・技：空間歪曲防御領域《ディストーションフィールド》 神覇剛斬烈閃《インサニティハッシュ》

世界と向き合いその美しさを知る

元・始原の七天使で、〝三星帥〟のひとり。エルドラド襲撃時に天使軍から離脱し、リムルの権能でフェルドウェイの支配下から解放された。現在は自軍と共にサリオンに駐留。

ミカエル

天使軍

Michael

STATUS ステータス

- 種族：神智核《マナス》
- EP：1億以上
- 主なスキル：正義之王《ミカエル》
- 主な使用魔法・技：天使長の支配《アルティメットドミニオン》 王宮城塞《キャッスルガード》 天使之軍勢《ハルマゲドン》 崩魔霊子斬《メルトスラッシュ》

フェルドウェイと手を組んだ究極能力《アルティメットスキル》

元はルドラの究極能力「正義之王《ミカエル》」。神智核《マナス》として覚醒後、ルドラの肉体に成り替わる。強力な権能で魔王軍を苦しめるが、〝停止世界〟でリムルに敗れ、権能ごと吸収された。

ヴェガ

天使軍

Vega

STATUS ステータス

- 種族：擬似人造粘性体《イミテーションスライム》
- EP：1737万（さらに成長中）
- 主なスキル：邪龍之王《アジ・ダハーカ》 悪喰者《イヤシイモノ》
- 主な使用魔法・技：邪龍獣生産 円環連盾《インビンシブル》 虚喰無限獄《インフィニットイーター》

不死へと至る力への渇望

〝四凶天将〟のひとり。自身の権能で迷宮の侵蝕を企むが失敗し、ゼラヌスを吸収したものの、ディアブロに敗北。反撃を試みるが、マイの権能により次元の狭間に跳ばされた。

ジャヒル

天使軍

Jahil

STATUS ステータス

- 種族：真なる人類《ハイ・ヒューマン》
- EP：1400万以上（神祖の血槍《オリジンブラッド》＋1000万以上）
- 主なスキル：火焔之王《アグニ》
- 主な使用魔法・技：広範囲血魔熱波《イビルブラッドウェーブ》 血魔噴霧《ブラッドミスト》

ルミナスに燃やす憎悪

〝三星帥〟のひとり。ザラリオとのコンビでサリオンを襲撃。圧倒的な破壊力を見せつけるが、ザラリオの裏切りとベニマルたちの激しい抵抗の前に苦戦。大技を放って逃走した。

Zeranus

天使軍

ゼラヌス

STATUS ステータス
- 種族：蟲魔族《インセクター》
- EP：1億1400万
- 主なスキル：生命之王《セフィロト》
- 主な使用魔法・技：暗黒増殖喰《デヴァステイターウイルス》

息子《ゼギオン》との宿命の戦い！

異界で蟲魔族《インセクター》を率いる〝蟲魔王〟。迷宮での戦いではゼギオンを一蹴しディアブロと互角以上に戦う。だが戦闘中にリムルを嘲ったことでゼギオンを覚醒させてしまい、完敗した。

Daggrull

天使軍

ダグリュール

STATUS ステータス
- 種族：巨人族《ジャイアント》
- EP：通常時：4000万以上／三位一体《アシュラ》発動時：1億2000万弱
- 主なスキル：真なる眼
- 主な使用魔法・技：全天壊滅激震覇《タイダルウェーブ》　三位一体《アシュラ》　時空振滅激神覇《クエーサーブレイク》

星を揺るがす怒りの化身

〝聖虚〟ダマルガニアを支配する八星魔王《オクタグラム》の一柱。天魔大戦開始後、魔王軍から天使軍に寝返った。弟のフェン、グラソードと合体し、〝三位一体《アシュラ》〟でヴェルドラと戦うも敗れる。

Garasha

天使軍

ガラシャ

STATUS ステータス
- 種族：堕天族《フォールン》
- EP：244万（片手剣《ロングソード》＆円形盾《サークルシールド》＋200万）
- 主なスキル：栄煌之王《ハミエル》
- 主な使用魔法・技：氷塊破砕《アイスブレイカー》

豪快に戦う姐さん天使

〝七凶天将〟のひとり。ディーノたちと迷宮に侵攻しゲルドと対決するが、強固な防御を破れず降参。その後、ディーノに従って魔王軍に降り『邪龍獣』の撃退に協力した。

Deeno

天使軍

ディーノ

STATUS ステータス
- 種族：堕天族《フォールン》
- EP：226万（大剣〝崩牙〟＋220万）
- 主なスキル：堕天之王《アスタロト》
- 主な使用魔法・技：創造進化《エボリューション》　天魔双撃覇《フォールンクルセイド》　怠惰なる眠り《フォールンヒュプノ》　堕天の一撃《フォールンストライク》　死への催眠誘導《フォールンタナトス》

友《ラミリス》の想いを受け、本気モードに！

元・八星魔王《オクタグラム》で現〝七凶天将〟。フェルドウェイの命令で迷宮に侵攻しラミリスの作戦でボコボコにされる。が、フェルドウェイの支配を逃れると魔王軍に協力。生体神格化《アポテオーシス》し、本来の姿に。

Mai

天使軍

古城舞衣

STATUS ステータス
- 種族：人間
- EP：166万（弓張月《クレセントボウ》＋100万相当）
- 主なスキル：星界之王《テラ・マーテル》
- 主な使用魔法・技：星屑の流星雨《スターダストレイン》　瞬間移動

友を救う捨て身の決意

〝七凶天将〟。フェルドウェイに逆らえず、不本意ながら従っていた。ディーノたちとの迷宮侵攻ではアピトに敗北。その後、襲撃してきたヴェガを道連れに異空間へ跳んだ。

Pico

天使軍

ピコ

STATUS ステータス
- 種族：堕天族《フォールン》
- EP：189万（三叉槍《トライデント》＋100万相当）
- 主なスキル：厳正之王《ジブリル》
- 主な使用魔法・技：神勝必罰《テンノサバキ》　堕天終撃麗槍《フォールンスピア》　黒雷天破《ブラックサンダー》

冷静沈着なクール天使

〝七凶天将〟のひとり。ディーノたちと迷宮に侵攻しクマラと1対1に挑む。しかし、やる気が起きず本気を出さないままで敗北。ガラシャたちと共に魔王軍に降ることになった。

天魔大戦 激闘の軌跡

世界の命運をかけた大戦は総力戦へ！　各地で激突するリムルたち魔王連合軍とフェルドウェイ率いる天使軍の激突ポイントを、地下迷宮《ダンジョン》でてんやわんやしているラミリスが報告する!!

ダマルガニア決戦

PHASE 1

ウルティマ	VS	ピコ&ガラシャ
ダグリュール	VS	フェン
グラソード	VS	レオン
ヴェイロン	VS	ディーノ

ダグリュールがフェンから頭突きを食らったら敵になったんですけど!?　ミカエルは来るわ、ディーノたちは逃げるわで超大変！

PHASE 2

勝利 リムル&クロエ	VS	ミカエル

クロエのスキルが完全なものに！

MEMO クロエが助太刀！

ミカエルが『時間停止』とかいう反則技を使ってリムルがピンチ！　だけど助けに来たクロエは停止世界でも動けちゃうんだわさ！

旧ユーラザニア決戦

PHASE 1

	ミリム	VS	ゼラヌス
勝利	フレイ	VS	トルン
勝利	ガビル&スフィア	VS	ビートホップ
勝利	カリオン	VS	アバルト
勝利	ミッドレイ	VS	サリル
勝利	オベーラ	VS	ティスホーン
勝利	カレラ	VS	ゼス
勝利	ゲルド&ミッドレイ	VS	ムジカ
勝利	ゴブタ&ランガ&オベーラ&カリオン&フレイ&ミッドレイ&カレラ&近藤	VS	ピリオド

残る蟲魔族《インセクター》はゼラヌスのみ。ミリムの暴走はサリオンで止めるんだわさ！

PHASE 2

消失	リムル	VS	ミリム&フェルドウェイ	暴走
	ギィ	VS	ヴェルザード	

MEMO リムルの行方は!?

ミリムがまたフェルドウェイに支配されちゃった！　しかもリムルは消えちゃうし、一体どうなっちゃうの!?

ルベリオス決戦

PHASE 1

ウルティマ&アダルマン（ウェンティ合体）	VS	フェン
シオン&ルミナス&ガドラ	VS	ダグリュール
アルベルト	VS	グラソード
ルイ&ギュンター	VS	バサラ

〝縛鎖巨神団〟ってば強すぎ！　ルミナスがダグリュールにやられそうになるけど師匠が登場!!

PHASE 2

勝利 ヴェルドラ	VS	ダグリュール

MEMO 本気のヴェルドラ！

師匠の大技で荒れ果てた大地が緑でいっぱいなのよさ。さすが師匠！　ダグリュールも満足顔だわさ！

サリオン決戦

戦場指揮・ベニマル			
ソウエイ&レオン	VS	ザラリオ	仲間に！
シルビア&カガリ&ティア	VS	ジャヒル	撤退

ザラリオとジャヒルがサリオンを襲ったんだけどベニマルちゃんたちが防衛！

MEMO 1

ザラリオへの干渉

ザラリオにはフェルドウェイのような破滅願望はないみたい。ミカエルの支配はリムルが何とかしたみたいだから、これからはアタシたちの仲間だね！

MEMO 2

ベニマルは働き者

ベニマルちゃんってば魔法《メイ》士団《ガス》を指揮しながら、カガリたちをサポートしてたんだわさ！　ジャヒルは逃げたけど、みんな無事だからＯＫ!!

イングラシア決戦

PHASE 1

ヒナタ&モス&シエン	VS	ライナー
ヴェノム&ミニッツ&バーニィ&ジウ	VS	アリオス
ヴェルグリンド	VS	フェルドウェイ
テスタロッサ	VS	ヴェガ

ヴェガが邪龍獣を生み出してヒナタたちの形勢が一気に悪くなっちゃった！

PHASE 2

勝利	グランベル&ヒナタ	VS	邪龍獣	
勝利	ダムラダ&モス	VS	邪龍獣	
勝利	ルドラ(マサユキ)	VS	フェルドウェイ	撤退
勝利	テスタロッサ&ヒナタ	VS	ヴェガ	撤退

MEMO

ルドラ降臨！

マサユキの性格がオラオラ系に!?　しかも勇者たちを召喚して逆転大勝利したんだわさ！

テンペスト地下迷宮《ダンジョン》決戦

PHASE 1

勝利	クマラ	VS	ピコ
勝利	アピト	VS	マイ
勝利	ゲルド	VS	ガラシャ
勝利	ベレッタ	VS	ディーノ
勝利	アピト	VS	ディーノ
勝利	ベレッタ&アピト	VS	ディーノ
勝利	クマラ	VS	ディーノ

ついにディーノが地下《ダン》迷宮《ジョン》にやって来たんだわさ……！　絶対に泣かしてやるのよさ!!

MEMO

ディーノはおしおき！

アタシを狙ったことは許しません！　さっさと自由意志を取り戻しなさいよね!!

PHASE 2

勝利	ゼギオン	VS	ヴェガ
	ディアブロ	VS	ゼラヌス

MEMO

ゼラヌス急襲！

迷宮階層を破っちゃうなんてゼラヌスって奴はヤバすぎ！　ゼギオンちゃんまでやられちゃうし、ベニマルちゃんが机を壊しちゃうし、大変なのよさ！

PHASE 3

勝利	ゼギオン	VS	ゼラヌス
勝利	ディアブロ	VS	ヴェガ

MEMO

テンペスト完全勝利！

復活したゼギオンちゃんがゼラヌスを倒して、しぶといヴェガもディアブロたちの活躍でなんとかなったし、ディーノも頑張ってたし褒めてやるのよさ！

休息時間《ヨフカシ》

リムルとシエル 前編

リムルにとって心休まる夜明けまでの時間。リムルがふと思った疑問にシエルがすかさず回答し、おしゃべりが始まる。

リムルの疑問にシエルが答える!

——帝国との戦いが終わり、ミカエルたちとの決戦へ向けて多忙な日々を過ごすリムル。1日の終わりに自室の布団の中へ潜り込み、休息していた。そして、なんとなく転生する前の世界について思いを馳せるのだった。

リムル　**こっちに来てからいろいろあって忘れてたけど、田村はちゃんと結婚できたんだろうか?**

シエル　《できたと思われます》

リムル　**うわっ、シエルさん!　急に答えるから驚くじゃないか!　ていうか田村のことがわかるのか!?**

シエル　《『能力改変《オルタレーション》』の際に、ある筋から主様《マスター》が転生する前の世界についての情報を得ました》

リムル　**マジか!　てか、ある筋って何だよ!?**

シエル　《それは秘密です》

リムル　**何でだよ!**

シエル　《禁則事項に抵触する為、教示出来かねます》

リムル　**何それ!?　怖いんだけど……。**

シエル　《コホン、それはともかく。主《マス》様《ター》は転生する前の世界について知りたいことがあるのでは?》

リムル　**何か上手くはぐらかされた気もするけど、まあいいか。俺はあっちの世界で通り魔に刺されたんだけどさ、ぶっちゃけ俺の体はどうなったんだ?**

シエル　《病院で昏睡状態になっており、すぐにお兄さんが駆けつけてくれたようです》

リムル　**そうか、兄貴が……。でも昏睡ってことはあっちの世界の俺は死んでないんだな。**

シエル　《まもなく亡くなりそうです》

リムル　**そう言われると悲しいだろ!　まあ今更どうにもできないから別にいいけど……。あと俺を刺した通り魔は何がしたかったのかわかるか?**

シエル　《ひったくりをして逃げていただけのようです。偶然、逃げている途中に主様《マスター》たちがいたようですね》

リムル　**じゃあ、本当に運が悪かったってだけだったのか。もしかして俺が田村を助けなくても無事だったり?**

シエル　《いえ、主様《マスター》が庇っていなかったら田村様は確実に死んでいたようです》

リムル　**そうか……なら俺の行動は無駄じゃなかったんだな。**

シエル　《主様《マスター》の転生前の記憶から読み取るに、「俺なら助かる」と思っていたのではないですか?》

リムル　**うっ……実は思ってました。それに、結婚する田村よりは俺が刺されたほうがマシかなって変な計算があったと思います。**

シエル　《主様《マスター》……》

リムル　**何だか哀れみの感情が伝わってくる……。もう転生前のことを聞くのはやめておくよ。この世界のことで聞いてみたいことがあるんだけど教えてくれるか?**

シエル　《もちろんです主様《マスター》》

リムル　**やっぱりシエルさんは頼りになるな!　じゃあ、俺の胃袋の中で生物が暮らすことはできるのか?**

シエル　《それは不可能です。精神生命体ならかろうじて可能ですが、基本は物体を超圧縮して胃袋に収納しています》

リムル　**怖すぎるだろ!　てかリグルドたちに出会った頃にゴブリンを胃袋に入れて回復させてたけどよく無事だったな。**

シエル　《そこは「大賢者」だった私が魔力で保護していました》

リムル　**そうだったの!?　俺の胃袋ってそんなに危なかったんだな……。そういえばこの世界のスライムはどんな生態なのか調べたことなかったから教えてくれよ。**

シエル　《スライムは強酸性の肉体を持っている魔物です。魔素が多い場所だと大人しいですが、魔素が少ない場所だと魔素を求めて他の生物を襲うため凶暴になります。また、物理攻撃はほぼ無効のため魔法で戦うのが基本戦術です。ゴブリンでは勝つのが難しいかと思われます》

リムル　**この世界のスライムはけっこうヤバい魔物だったんだな。あと、魔物と言えばこの世界にはいろんな種族がいるけど、ほとんど姿を見た者がいない幻の種族なんてのもいるのか?**

シエル　《人間が住んでいない秘境に暮らす種族や場所によっては土地神になっているような種族などが存在します》

リムル　**へえー、じゃあいつか会ってみたいな。**

シエル　《主様《マスター》に連なる者は皆、希少種ばかりなのですが——》

広がる『転スラ』ワールド

本編のコミカライズに加え、多くのスピンオフが誕生。さらにアニメやゲーム、舞台と勢いは増すばかり！　あらゆるジャンルに広がる『転スラ』を味わい尽くそう!!

10年の軌跡を辿る『転スラ』年表!

WEB版投稿から書籍化、漫画化、アニメ化など『転スラ』ワールドの軌跡を辿る。拡大速度は天災級《カタストロフ》!

小説　漫画　アニメ　ゲーム
イベント　伏瀬先生活動報告より抜粋

2013 ▶ 2014

2月
小説投稿サイト「小説家になろう」にて『転生したらスライムだった件』WEB版連載開始

3月
3月14日　書籍化報告。

6月
マイクロマガジン社より書籍版『転生したらスライムだった件』第1巻発売

7月
「小説家になろう」でのWEB版完結
7月15日　実は100話完結予定(不穏エンド)だったとカミングアウト。

8月
書籍版第2巻発売

12月
書籍版第3巻発売

2018

11月
11月22日　書籍11巻カバーのクロエの配色に過去最多の10パターン以上を検討したことを報告。

12月
書籍版第11巻発売
漫画版第6巻発売
『魔物の国』第2巻発売

3月
書籍版第12巻発売
漫画版第7巻発売
『魔物の国』第3巻発売
3月9日　TVアニメ化・スマホゲーム化決定を報告。特別SS:『魔物の国の日常～宣伝編～』を公開。

4月
講談社「月刊少年シリウス」にて『転スラ日記 転生したらスライムだった件(以下、転スラ日記)』連載開始

6月
漫画版第8巻発売
6月8日　TVアニメ公式HPのオープンと「アニメの成功を確信致しました」と報告。

9月
書籍版第13巻発売
漫画版第9巻発売
『魔物の国』第4巻発売
講談社より『転スラ日記』第1巻発売
講談社「週刊異世界マガジン 水曜日のシリウス」にて「転生しても社畜だった件(以下、社畜)」連載開始

10月
TVアニメ『転生したらスライムだった件』第1期放送開始
アプリゲーム『転生したらスライムだった件～魔国連邦創世記《ロードオブテンペスト》～』配信開始
10月5日　TVアニメの初回放送を報告。OPに登場しないディアブロについては「とても悔しがっていると思われますが、これは作者は悪くない。諦めてもらうとしましょう」

12月
漫画版第10巻発売

2021

『転ちゅら!』第1巻発売
『トリニティ』第2巻発売
3月26日　コロナ禍による、一番くじ『転生したらスライムだった件 ～私立テンペスト学園!～』の発売延期や各作品の発売、『転スラ日記』のTVアニメ化を報告。読者に「自分だけではなく家族の為にも、外出先から戻ったら手洗いうがいをするように心がけて下さい。コロナに負けずに頑張れるように、僕からのお願いでした」と呼びかける。

6月
『魔物の国』第7巻発売

7月
漫画版第15巻発売
『転スラ日記』第4巻発売
『トリニティ』第3巻発売

9月
書籍版第17巻発売

11月
漫画版第16巻発売
『転ちゅら!』第2巻発売
11月25日　各作品の発売情報とともに、携帯に届いた間違いメールが詐欺メールだったことを報告。

1月
『魔物の国』第8巻発売
TVアニメ『転生したらスライムだった件』第2期第1クール放送開始

3月
書籍版第18巻発売
漫画版第17巻発売
『転スラ日記』第5巻発売
『転ちゅら!』第3巻発売
『トリニティ』第4巻発売

4月
TVアニメ『転生したらスライムだった件
転スラ日記』放送開始

7月
漫画版第18巻発売
『トリニティ』第5巻発売
TVアニメ『転生したらスライムだった件』第2期第2クール放送開始
路面電車擬態開始

2023

児童書版『異世界から来た者たち 中』発売

6月
児童書版『異世界から来た者たち 下』発売

7月
漫画版第21巻発売
『転スラ日記』第6巻発売
『転ちゅら!』第5巻発売
児童書版『スライムの魔王誕生 上』発売
「転生したらスライムだった展2」開催(東京)
7月6日　書籍版20巻の初稿提出、息抜きとして『まおりゅう』をやり込んでいること、その裏話として、13章8話における〝初級敗北〟で流れるバッドエンドシナリオが書き下ろしであることを報告。第46回講談社漫画賞少年部門を漫画版が受賞したことへの思いも綴る。

8月
児童書版『スライムの魔王誕生 中』発売

9月
書籍版第20巻発売
児童書版『スライムの魔王誕生 下』発売
「転生したらスライムだった展2」開催(福岡)

10月
児童書版『真なる魔王たちのうたげ 上』発売

11月
講談社より『クレイマンREVENGE』第1巻発売
児童書版『真なる魔王たちのうたげ 中』発売
劇場アニメ『劇場版 転生したらスライムだった件 紅蓮の絆編』公開
「転生したらスライムだった展2」開催(愛知)
11月22日　劇場版公開について報告。見終わった際の感想は「最高に素晴らしい!」。

12月
漫画版第22巻発売
『転ちゅら!』第6巻発売
『トリニティ』第7巻発売
児童書版『真なる魔王たちのうたげ 下』発売

1月
児童書版『教会からの使者 上』発売
「転生したらスライムだった展2」開催(大阪)

2月
児童書版『教会からの使者 中』発売

3月
児童書版『教会からの使者 下』発売

2015

3月
講談社「月刊少年シリウス」にて
漫画版『転生したらスライムだった件』連載開始

4月
書籍版第4巻発売

> **4月30日** 4巻の「地図」作成の経緯とともに発売を報告。

5月
書籍版第5巻発売

8月

> **8月3日** 担当編集が打ち合わせで「ジュナの活躍シーンカットはダメ！」と大噴火したことを報告。

10月
書籍版第6巻発売
講談社より漫画版第1巻発売

2016

4月
書籍版第7巻発売
漫画版第2巻発売

7月
マイクロマガジン社「コミックライド」にて
スピンオフ『転生したらスライムだった件 魔物の国の歩き方』(以下、魔物の国)連載開始

8月
書籍版第8巻発売
マイクロマガジン社より『転生したらスライムだった件 第8・5巻 公式設定資料集』発売

11月
書籍版第9巻発売

12月
漫画版第3巻発売

> **12月26日** 締切に追われ、気付けばクリスマスが過ぎていてケーキも食べられなかったこと、漫画版が『ニコニコ漫画 年間ランキング2016〝公式マンガ部門〟』で1位に選ばれたことを報告。

2017

4月
書籍版第10巻発売
漫画版第4巻発売
マイクロマガジン社より『魔物の国』第1巻発売

9月
漫画版第5巻発売

2019

1月
マイクロマガジン社より『転生したらスライムだった件 第13・5巻 公式設定資料集』発売

2月
講談社「月刊少年シリウス」にて
『転ちゅら！ 転生したらスライムだった件(以下、転ちゅら！)』連載開始

3月
書籍版第14巻発売
漫画版第11巻発売
『魔物の国』第5巻発売
『転スラ日記』第2巻発売
講談社「月刊少年シリウス」にて
講談社「イブニング」にて
『転生したら島耕作だった件(以下、転島)』掲載
「転生したらスライムだった展」開催
(大阪・東京)

> **3月14日** 「転生したらスライムだった展」開催の報告。「VR体験は一見の価値あり！」

6月
『転生したらスライムだった件 異聞 魔国暮らしのトリニティ(以下、トリニティ)』連載開始

7月
漫画版第12巻発売
講談社より『社畜』第1巻発売
講談社より『転島』第1巻発売
「転生したらスライムだった展」開催(愛知)

> **7月9日** 各作品の発売とともに漫画版12巻限定版付録のOAD(水着回)制作の経緯、7月10日までの予定の書籍版15巻の締め切りを11日に伸ばしたことを報告。

9月
書籍版第15巻発売

10月
『魔物の国』第6巻発売

11月
『転スラ日記』第3巻発売

12月
漫画版第13巻発売
講談社より『トリニティ』第1巻発売

2020

3月
書籍版第16巻発売
漫画版第14巻発売
『社畜』第2巻発売

8月

> **8月6日** 書籍版19巻の初稿提出を報告。以前に20巻完結予定と書いたことについては「アレ、嘘、というか無理です！」

9月
マイクロマガジン社より
児童書版『転生したらスライムだった件(以下略)最強のスライム誕生!? 上・中・下』発売
転生したらスライムだった件×謎解きゲーム
『転生したらナゾトキ中だった件～古代遺跡編～』発売

10月
児童書版『ジュラの森の大異変 上』発売
アプリゲーム『転生したらスライムだった件～魔王と竜の建国譚～』配信開始

11月
書籍版第19巻発売

12月
児童書版『ジュラの森の大異変 中』発売
漫画版第19巻発売
『転ちゅら！』第4巻発売
児童書版『ジュラの森の大異変 下』発売

⬆2021年7月～2022年7月、富山地方電鉄市内電車擬態。

2022

1月
児童書版『桜金色の魔王現る 上』発売

2月
児童書版『桜金色の魔王現る 中』発売

3月
漫画版第20巻発売
『トリニティ』第6巻発売
児童書版『桜金色の魔王現る 下』発売

4月
講談社「月刊少年シリウス」にて『転生したらスライムだった件 クレイマンREVENGE(以下、クレイマンREVENGE)』連載開始

5月
児童書版『異世界から来た者たち 上』発売

4月
児童書版『祝祭への道のり 上』発売
講談社「月刊少年シリウス」にて
『転生したらスライムだった件 美食伝 ～ペコとリムルの料理手帖～(以下、美食伝)』連載開始

5月
漫画版第23巻発売
『クレイマンREVENGE』第2巻発売
児童書版『祝祭への道のり 中』発売

6月
児童書版『祝祭への道のり 下』発売

7月
『転ちゅら！』第7巻発売
児童書版『魔国連邦の幕開け 上』発売
講談社「月刊少年シリウス」にて
『転生したらスライムだった件 番外編 とある休暇の過ごし方』連載開始

8月
児童書版『魔国連邦の幕開け 中』発売
舞台『転生したらスライムだった件』上演

> **8月23日** 『とある休暇の過ごし方』の執筆経緯と、高田裕三先生のコミカライズに関して感動を綴る。転スラ舞台の観劇、NHK総合で放送の『今夜はとことん異世界スペシャル』(8月28日)への出演を報告。

9月
漫画版第24巻発売
『トリニティ』第8巻発売
児童書版『魔国連邦の幕開け 下』発売

10月
書籍版第21巻発売
『クレイマンREVENGE』第3巻発売

11月
児童書版『もう一人の転生者 上』発売
アニメ『転生したらスライムだった件 コリウスの夢』配信

12月
『転生したらスライムだった件 転スラ 10thライブ』開催

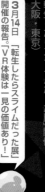

転生したら スライムだった件 解析《ダイジェスト》

告。『転スラ』の物語が川上泰樹先生による美麗作画で紡がれており、新たなキャラクターの一面や迫力の戦闘描写が楽しめます。

地位向上編 ①〜②巻

異世界のスライムに転生!?

大手ゼネコンに勤め、独身貴族を謳歌していた三上悟。ある日、通り魔に刺され、気づくと異世界のスライムに転生していた。洞窟の中を彷徨いスライム生活をおくっていたが、封印されていた暴風竜ヴェルドラに遭遇し、友となる。ヴェルドラからリムル＝テンペストの名を獲得したあと、地上に出てゴブリンやドワーフたちと交流を深めたリムルは、自分たちの町を作ることに。そして、日本から転移してきたという冒険者シズとの出会いと別れを経て、リムルは人間の姿を獲得する。同時に、シズの想いを継いだことで数奇な運命の歯車が回りだす……。

シリウスKC
転生したら
スライム
だった件
24
原作：伏瀬 Fuse
漫画：川上泰樹 Taiki Kawakami
キャラクター原案：みっつばー Mitz Vah

原作：伏瀬
漫画：川上泰樹
キャラクター原案：みっつばー

①〜㉔巻 好評発売中！
「月刊少年シリウス」（講談社）にて連載中

我《わ》が名《な》は暴風竜《ぼうふうりゅう》ヴェルドラ

➡かつて勇者に封印されたヴェルドラ。封印を解くためにリムルの胃袋に入る。

私《わたし》と同《おな》じだね
会《あ》えて嬉《うれ》しいよ

⬆長年抑えていた炎の精霊《イフリート》が暴走し、寿命を迎えたシズ。肉体はリムルが捕食した。

リムルの地位レベルがUP！

LV1 その辺のスライム

スライム転生直後のリムルは自分のスキルを理解しておらず、ほぼただのスライム。それでもユニークスキルである「大賢者」から自身が持つ特性やスキルについてレクチャーを受けつつ、転生場所である洞窟の中を隅々まで探索していく。

じゃ じゃあ さっそく…
いただきます
ぎっ

LV2 封印の洞窟最強

ヴェルドラを捕食したあとは、洞窟内に棲む魔物を片っ端から捕食していき、魔物が持つ強力なスキルを次々に獲得していく。どう考えても普通のスライムでは勝てそうにない厄介な魔物すらも圧倒しており、洞窟最強の魔物として君臨。

LV3 ゴブリン村の守護者

ジュラの大森林に住むゴブリンを配下にし、牙狼族も服従させたリムル。近隣に住むゴブリンもリムルの噂を聞きつけて合流したことで、人口約500名の村の守護者となった。エレンたち冒険者とも交流し、リムルの存在は人間にも知られていく。

…はい
今《いま》みんなが静《しず》かになるまで5分《ふん》掛《か》かりました

シズさんそっくりに変身！

森の騒乱編 ③～⑤巻

ジュラの森に迫る危機！

リムルの町が驚異的なスピードで開発されていく中、オーガたちが来訪し、リムルに襲いかかる。戦いの末にオーガたちを鎮め、オークの襲撃でオーガの村が滅んだことを知る。リムルは、オーガたちを仲間に加え、森の異変に備えるのだった。その後、樹妖精《ドライアド》トレイニーからオークロードの討伐を依頼されたリムル。リザードマンを襲うオークの軍勢に戦いを仕掛ける。

足《た》りヌ…もっとだ
もっと喰《く》わせロ！

⬆ゲルドは魔人ゲルミュッドを喰らい、魔王へと進化を遂げる。リムルとの壮絶な喰らい合いの末に敗北。

じゃあ始《はじ》めよう

⬇オーガたちはリムルの部下になり、それぞれ名前を与えられ、鬼人へと進化した。

リムルの地位がさらにUP！

LV 4 ジュラの森大同盟盟主

オーク・ディザスター討伐後、森の管理者であるトレイニーの呼びかけにより各種族の代表を交えて戦後処理について話し合う。その結果、種族間で同盟が結ばれ、リムルが盟主となる。

魔王来襲編 ⑥～⑧巻

一難去ってまた一難！

強力な魔物を従えるスライムの正体を見極めるため、ドワーフ王ガゼルがリムルの町に来訪。リムルはガゼル王と剣を交えたあと、武装国家ドワルゴンと同盟を結ぶ。町は順調に発展していたのだが、魔王ミリム・ナーヴァが現れたり、魔王カリオンの部下が暴れたりと大騒ぎ。さらには、太古に封印されていた暴風大妖渦《カリュブディス》が復活し、魔国連邦《テンペスト》に襲来する。楽しい町作りをしていたいリムルだが、次から次に問題が発生。魔国連邦《テンペスト》に訪れる危機を乗り切れるか!?

な なんなのだこれは!?
こんな美味《おい》しいもの今《いま》まで食《た》べた事《こと》がないのだ!!
よし！

⬆とんでもなく強いミリムだが、美味しい食べ物に弱い。

まぁ やるだけやってみるか

➡暴風大妖渦《カリュブディス》はリムルたちと激闘を繰り広げ、最後はミリムに一瞬で倒された。

ジュラ・テンペスト連邦国が誕生

LV MAX リムルは一国の主に！

ガゼル王に認められ、同盟を結んだことでジュラの森大同盟は魔物の国として認識される。同時に、リムルは盟主から国主となり、さらなる重責を背負ってしまう。その後、首都の名前は「リムル」に決まり、友好的な魔物やドワーフたちが訪れ一層活気づく。ソウエイたちの周辺警備も万全で、危険な魔物は事前に排除されるため安心安全だ。

人魔交流編 ⑨～⑪巻

広がる魔国連邦《テンペスト》の国交！

暴風大妖渦《カリュブディス》との戦いを終えて、獣王国《ユーラザニア》と国交を結んだ魔国連邦《テンペスト》。ドワルゴンでも友好国だと演説したリムルは、シズとの約束を果たそうとイングラシアへ向かう。そこで、自由組合本部総帥《グランドマスター》であり日本からの転移者でもある神楽坂優樹と面会する。優樹からシズの教え子たちの秘密を聞いたリムルは、自由学園の教師になり接触するのだった。

バ
チ
バ
チ

↑血の気が多い獣王国《ユーラザニア》の使節団。実力を測るため模擬戦をしたが、シオンは結構本気。

僕《ぼく》も貴方《あなた》に
託《たく》してみます

↑優樹にとってもシズの教え子たちは大事であり、自由学園理事の職権でリムルをバックアップ。

えー…先生《せんせい》の名前《なまえ》は
リムル＝テンペストだ
皆《みんな》の顔《かお》と名前《なまえ》も
覚《おぼ》えたいので呼《よ》ばれたら
返事《へんじ》をするように

国主の仕事は一休み

LVEX 1 教師にジョブチェンジ

シズの心残りは異世界召喚によって余命数年となった子供たちを救うこと。子供たちの教師となり解決策を探るリムル。魔王であり精霊女王であるラミリスの手を借りて子供たちの命を救った。

魔王覚醒編 ⑫～⑮巻

魔国連邦《テンペスト》を襲う人間の悪意！

イングラシアでの目的を終えたリムルは、子供たちに別れを告げて魔国連邦《テンペスト》に転移しようとする。そこに、シズの教え子のひとりである西方聖教会聖騎士団長ヒナタ・サカグチが現れ、問答無用でリムルに襲い掛かる。分身体を犠牲に戦いを切り抜け帰国するが、町はファルムス王国の襲撃を受けたあとだった。失った仲間を蘇生するため、リムルは魔王になることを決意。

そういうわけで
今《いま》 君《きみ》に帰《かえ》られるのは
都合《つごう》が悪《わる》いのよ
魔物《まもの》の視点《してん》で
見《み》ればこんなにも
強烈《きょうれつ》な殺気《さっき》を
まとっていたのか

↑ヒナタに魔物の言葉を聞く気はなく、凄まじい剣技をリムルに放つ。分身体とはいえ、リムルに圧勝した。

↑ファルムス王国の攻撃でシオンまでもが命を落とす。

リムルは更なる高みへ！

LVEX 2 真なる魔王に進化

ファルムス王国軍約２万の軍勢を殲滅し、魔王となったリムル。ユニークスキル「大賢者」は究極能力《アルティメットスキル》「智慧之王《ラファエル》」へ進化し、「反魂の秘術」により、シオンたちは見事復活を果たすのだった。

八星輝翔編 ⑯～⑲巻

黒幕《くろまく》の正体《しょうたい》
お前《まえ》の知《し》っている情報《じょうほう》を全《すべ》て話《はな》せ
素直《すなお》に喋《しゃべ》れば苦痛《くつう》を与《あた》えずに殺《ころ》してやろう

⬆勝利を確信していたクレイマンだったが、リムルにことごとく策を破られ消滅した。

打倒クレイマン！

魔王クレイマンがファルムス王国襲撃の裏で暗躍していたことを知ったリムル。クレイマンを倒すため、十大魔王に名乗りを上げる。一方、クレイマンもリムルを滅ぼすため軍を動かし、十大魔王が集結する「魔王達の宴《ワルプルギス》」を発動させる。クレイマン軍の迎撃をベニマルたちに任せ、魔王達の宴《ワルプルギス》に参加するリムル。全魔王立ち合いのもと、好き勝手に魔国連邦《テンペスト》を陥れようとしたクレイマンと決着をつける。

我《われ》は暴風竜《ぼうふうりゅう》ヴェルドラ＝テンペストである
我《わ》が貴様《きさま》らの主《あるじ》であるリムルとどういう関係《かんけい》なのか気《き》になっておることだろう！
知《し》りたいか!? 知《し》りたかろう!!

⬆魔王となり、能力が飛躍したことでヴェルドラの封印も解かれた。

〝八星魔王〟

八星魔王誕生《オクタグラム》

LVEX 3

魔王の仲間入り

クレイマンを倒したことで、名実共に魔王となったリムル。フレイとカリオンが魔王の座を降りたため、魔王たちの新たな名前を考えることに。リムルによって、魔王の総称は〝八星魔王《オクタグラム》〟に決定。リムルは「新星《ニュービー》」の称号を獲得した。

聖魔対立編 ⑳～㉒巻
領土掌握編 ㉓巻～

暗躍する西方聖教会！

ディアブロによってファルムス王国の戦後処理が進められる中、リムルの存在を危惧する西方聖教会。ヒナタはリムルと対話するため魔国連邦《テンペスト》に向かうが、西方聖教会の重鎮である七曜の老師の思惑によって武力衝突へと発展する。戦闘中、魔王ルミナスの介入により事態は収まり、和解の記念に宴を開催するリムル。親睦を深めたあと、各国を招くテンペスト開国祭の準備を始める。

⬆リムルに挑むヒナタだが、以前とは桁違いの強さに驚愕する。全力の一撃もリムルに防がれ敗北を認めた。

日本食をごちそう

LVEX 4

宴会主催者

宴の前にはヒナタたちを温泉に案内し、食事では天ぷらにすき焼きと魔国連邦《テンペスト》自慢の料理を振る舞うリムル。日本食はルミナスや聖騎士たちの胃袋を鷲づかみにした。

ナス
芋《いも》
タラの芽《め》
油《あぶら》っこくなく
サクサクで薄《うす》い衣《ころも》
っていうか野菜《やさい》や
山菜《さんさい》はともかく
この車海老《くるまえび》
っぽいのは どこで
獲《と》ってきたのよ

転生したらスライムだった件

魔物の国の歩き方

解析《ダイジェスト》

告。一度は魔国連邦《テンペスト》を訪れたくなるような魅力が詰め込まれたスピンオフ漫画。魔国連邦《テンペスト》自慢の文化に触れられます。

転生したらスライムだった件
岡霧 硝
原作/伏瀬
魔物の国の歩き方
8

①～⑧巻 好評発売中！

「コミックライド」（マイクロマガジン社）にて連載中

原作：伏瀬
漫画：岡霧 硝
キャラクター原案：みっつばー

フラメアが届ける魔国連邦《テンペスト》ガイド!!

知らないものが溢れている魔国連邦《テンペスト》を満喫していたフラメア。リムルに審美眼と解析の能力を買われ、魔国連邦《テンペスト》のガイドブック作りを依頼される。町を巡って楽しみながら記録を取っていくが、地下迷宮《ダンジョン》挑戦といった過激な取材もおこなっていく。その働きはリムルに評価され、魔国連邦《テンペスト》の魅力を各国に伝える重要な役割を果たすように。当然、難易度が高い取材も増え……！

各地を旅してきたキミの感覚に期待したい
キミにしか頼めないんだ

⬆魔物にも人間にも魔国連邦《テンペスト》を楽しんでもらうためのガイドブック作りは、フラメアにピッタリのお仕事！

魔国連邦《テンペスト》の魅力は星3つ!!

フラメア

ジュラの大森林に住む兎人族《ラビットマン》族長の娘。各地を旅して未知のものを知り、記録している。

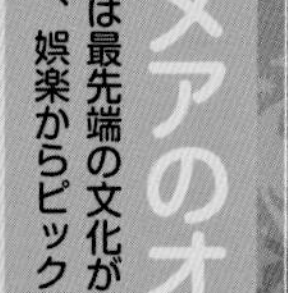

フラメアのオススメスポット！

魔国連邦《テンペスト》には最先端の文化がいっぱい！　他の国で体験できないものを衣・食・住、娯楽からピックアップした施設を紹介するよ！

住　旅館

…広い

⬅宿泊施設は最高級の宿を紹介！　ピカピカで広い部屋にフカフカのベッドは最高です。露天風呂に浸かって旅の疲れを癒すのもいいですよ！

衣　呉服屋

ようこそいらっしゃいませ
シュナ様

⬅ショーウインドウのある外観も美しいですが、内観も美しいです。着物だけでなく水着も揃っていますよ。運がよければシュナさまに会えるかも！

娯　逆バンジー

誰しも空へと射出する遊具だ！
ズドン！

⬅いろいろな遊具施設《アトラクション》が楽しめるてーまぱーくにある、ヴェルドラさまが考案した遊具ですね。なんと雲の上まで飛べますが、安全に難ありです……。

食　中央議事堂厨房

⬅ゴブイチさんが仕切っている厨房は世界一といえます！　見たことのない設備があり、何より活気がすごいです。料理人の方はぜひ見学してみては!?

トリニティ3人娘の活動報告！

魔国連邦《テンペスト》で働きながら町を調査するフォスたち。魅力的なものが溢れている町で3人がどんな発見をしたのかまとめたぞ！

ネム

究極の寝床を作るのがネムの夢。シュナの織物工房に侵入し、商品にくるまって寝てしまい、働いて弁償することになった。

魔国連邦《テンペスト》の服はツルツル、スルスルで初めての触り心地なの。ちなみにフォスの尻尾ももふもふで気持ちいいの！

ステラ

食材を調理せず、そのまま味わう「竜を祀る民」にとって、魔国連邦《テンペスト》の料理は衝撃的な美味しさ。ステラも料理にドハマり。

ミリム様のために料理を覚えたいけど中々難しいわね……。フライドポテトなら完璧に作れるからまかせなさい！

フォス

優れた祭知能力を買われて警備隊入りしたフォス。町で困っている人を助けたり魔物を倒したりとすっかり馴染んでいる。

魔国連邦《テンペスト》は色んな種族が共存している珍しい国です。串焼き肉が絶品でした！お仕事もたくさんありますよ！

魔国連邦《テンペスト》の発展と共に成長するフォスたちを描く

魔王カリオンから魔国連邦《テンペスト》を探るよう命を受けたフォス。整備された町並みや、美味しい食べ物に驚愕する。より魔国連邦《テンペスト》を知るため、警備隊に所属したフォスは、同じ目的を持つステラとネムに出会い、仲良しに。切磋琢磨しながら魔国生活をおくる3人はファルムス王国の襲撃後、西側諸国の調査を任される。トラブルを起こさず任務遂行なるか!?

①〜⑧巻 好評発売中！
「月刊少年シリウス」（講談社）にて連載中

原作：伏瀬
漫画：戸野タエ
キャラクター原案：みっつばー

⬆西側諸国の調査へ出発した3人は、道中で「原初の紫《ヴィオレ》」が変身した猫に遭遇する。

3人の少女が魔国連邦《テンペスト》に潜入!!

フォス

狐の獣人族《ライカンスロープ》で獣王戦士団員候補。警備隊ではゴブエモンの部下として町を見回りしている。

ネム

魔王フレイから魔国連邦《テンペスト》調査の命を受けた有翼族。シュナのもとで働くが、サボり気味。

ステラ

「竜を祀る民」神官長ミッドレイの命で魔国連邦へ。ゴブイチに料理を教わっている。

転生したらスライムだった件 異聞 魔国暮らしのトリニティ 解析《ダイジェスト》

告。獣王国《ユーラザニア》との交流が始まった魔国連邦《テンペスト》が舞台のスピンオフ漫画です。所属する国が異なるフォス、ステラ、ネムを中心とした少女の成長物語。

解析《ダイジェスト》

転スラ日記

転生したらスライムだった件

告。『転スラ』のキャラクターたちの日常を知ることができるスピンオフ漫画。主様《マスター》たちの普段とは違う一面やギャグ要素がクセになります。

リムルたちの日常を観察！

本編の裏側をゆる〜く描く！

ジュラの森大同盟誕生後の、リムルたちの日常が明らかになる。異世界では貴重な紙を手に入れたリムル。スライムに転生してからの出来事を日記に綴ろうとする。タイトルを決めて書こうとするが、あまりにも長い日記になるため断念。リムルの日記は幻になったが、普段の様子を切り取ることに成功した。各キャラが普段どのように過ごし、どんな会話をしているのか、ギャグ多めの4コマ漫画でお届けするぞ！　憎まれキャラも愛されキャラに変身!?

⬆リムルが書こうとした日記のタイトルは『転生したらスライムだった』。書き始めのテンションだけは高かった。

①〜⑥巻
好評発売中！
「月刊少年シリウス」（講談社）にて連載中

原作：伏瀬
漫画：柴
キャラクター原案：みっつばー

いつもと違うキャラの一面がいっぱい！

本編では見られないキャラの姿を堪能できるのが『転スラ日記』の魅力だ。ここでは4キャラについて紹介。特にトレイニーのおとぼけぶりが際立つ。

コスプレ大好き　ユウキ

⬆日本のオタク文化を知る男。リムルに様々なコスプレをさせようと迫る。残念ながら『転スラ日記』では変態枠に収まる。

芋マニア　トレイニー

⬆ポテチにハマり、気づけば芋の虜。しかもいつの間にかスナックジュラでママをしている。もはや森の管理者の威厳はない……。

意外とおちゃめ　シズ

⬆故人となっているが回想などで度々登場。自由学園での先生姿も知ることができる。サバイバル本を出していることが判明した。

ソウエイ一筋　ソーカ

⬆ソウエイに憧れているのは周知の事実。だが、ソウエイのことを陰からこっそり観察するなどストーカーっぽい動きを見せる。

かわいいリムルがおくる魔国連邦《テンペスト》の日常！

イベントもゆるふわ！

花火大会

⬆線香花火でどちらが長くもつか勝負するリムルとシオン。打ち上げ花火に気を取られたリムルが敗北した。

花見

⬆桜の花を咲かす魔物で花見をするリムルたち。リムルは魔物に挨拶をし、花見の準備ができるまで遊んでもらうが……。

クリスマス

⬆クリスマスプレゼントに巨大なケーキを願うリムルは自作の靴下を用意する。サンタを務めるソウエイ＆ソーカがリムルの部屋に忍び込むが!?

ハロウィン

⬆ハロウィンで無理やり魔女のコスプレをさせられたリムル。ご機嫌ナナメだったがお菓子をもらって大満足。

いつものリムル

スライム状態のリムルは幼児化しておらず、中身はおっさん。3歳児の姿でいろいろやらかしても覚えていない。

変化

3歳児のリムル

人間の姿になると心と身体が3歳児に。年相応の言葉遣いと体力になるが戦闘能力は非常に高い。

ちっさいリムルが大活躍！

幼児リムルにみんなメロメロ！

シズの願いを叶えるため捕食したリムル。人間に擬態できるようになったがなぜか3歳児になってしまう。好奇心旺盛な幼児リムルにとってジュラの大森林は最高の遊び場。虫取りや魚釣り、雪遊びなど仲間たちと楽しい毎日をおくる。物語は幼児リムルならではのアレンジで進行。ファルムス王国の侵攻やミリムとカリオンの対決などゆるーくなっているので、本編との違いを楽しむことができる。リムルは一体どのようにして魔王になるのか!?

⬆何でもひとりでやりたがる幼児リムル。服を着るのも一苦労だったが、ちゃんと着ることができるとドヤ顔を披露する。

転ちゅら！ 解析《ダイジェスト》

転生したらスライムだった件

告。3歳児になってしまった主様《マスター》が活躍するスピンオフ漫画です。読めば主様《マスター》の可愛さに疲れた心が癒されることでしょう。ほっこりしたいときにオススメの作品。

原作：伏瀬
漫画：茶々
キャラクター原案：みっつばー

全⑦巻好評発売中！

転生したらスライムだった件

解析《ダイジェスト》

転生しても社畜だった件

告。『転スラ』キャラが現代社会でハードワークに勤しむスピンオフ漫画になっています。

リムルの社畜生活開幕！

スライムなのにサラリーマン!?

スライムに転生する前のような世界で目を覚ましたリムル。なぜか課長と呼ばれ、同僚にはベニマルやシュナたちお馴染みの面々が並ぶ。しかもリムルだけが異世界での記憶を持っているのだった。否応なく理不尽な仕事の数々を会社から押し付けられる、ブラックすぎる会社員生活が始まる！　この世界では魔素が不足しているため、便利スキルは使用できないが、「大賢者」とは話すことはできるリムル。現代社会の仕事を理解していない部下たちを導き、営業成績を上げることはできるのか!?

⬅テンペスト商事雑務課の課長になっていたリムル。雑務課は会社の中でも役立たずと呼ばれている。

全②巻好評発売中！

原作：伏瀬
漫画：明地 雫
キャラクター原案：みっつばー

社長はヴェルドラ！ブラック企業・テンペスト商事!!

ヴェルドラは思いつきで物事を進めるため、会社は倒産寸前の大赤字で退職者続出。

鬼ジンジャー代役

本番は明後日！

⬆急遽舞い込んできたヒーローショーの代役。リムルは舞台裏で見守っていたが、アクシデントが発生したため助っ人として参戦！

HP制作

総務部長の肩書を持ち、偉そうに仕事を投げてくるガビル。しかもその仕事はリムルたちの仕事とは思えない自社HPの制作だった。できなければクビというとんでもないミッションだ！

⬆お荷物部署の雑務課を切り捨てるためのHP制作。リムルは大賢者の力で終業時間までにイカしたHPを作ってみせる。

制作期間1日!?

深夜の設営

⬆新事業で24時間営業のジムを新設したテンペスト商事。予算削減のため、雑務課が設備準備を担当し、徹夜でテストを終えたリムルに異変が！

配送からテストまで！

社員の心をへし折る仕事の数々！

転生したらスライムだった件 クレイマンREVENGE

解析《ダイジェスト》

告。クレイマンを主人公にした『転スラ』スピンオフ漫画です。性格が丸くなり、苦労人となったクレイマンに注目。

タイムループの能力を得たクレイマン！

2度リムルに滅ぼされ、タイムループの能力に気づいたクレイマン。3度目の人生では、自身が覚醒魔王になるための計画を修正する。そして、リムルに復讐するため、より力をつけることを決意。そこに、魔王ギィに仕えるレインが訪れ、オークの国オービックに出現した異界の裂け目を閉じるよう依頼される。クレイマンはレインにも協力させることに成功し、戦力強化した上でオービックに向かうのだった。

⬅今度こそリムルを倒すと意気込むが、魂に刻まれた恐怖は計り知れない。できれば関わりたくないというのが本音。

①〜③巻 好評発売中！

「月刊少年シリウス」(講談社)にて連載中

原作：伏瀬　漫画：カジカ航
キャラクター原案：みっつばー

これまでのクレイマン

1回目 リムルに敗北

⬆最初の死亡は本編と同じ。魔王達の宴《ワルプルギス》でリムルに喰われて消滅した。

2回目 再びリムルに敗北

⬅1回目の死亡を悪い夢と思い、何の対策もせず再び消滅。

反省1 部下に優しく

2度の死を経験し、自身がタイムループしていると気づく。3回目では、部下を思いやることに。その結果、良い上司に!?

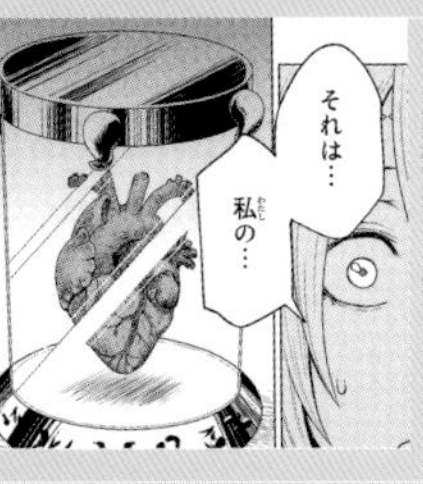

➡本編で使い捨てにしたミュウランには心臓を返した。

⬇ヤムザはクレイマンの器に心酔する。

反省2 自己鍛錬

リムルの強さを存分に知るクレイマン。魔王のプライドを捨て、更なる高みを目指して特訓する。

⬆魔王カザリームに仕えていたメイドのエヴァは、クレイマンより強かった！

反省3 調子に乗らない

デカい態度で弱者を見下していたが、慎重かつ柔和な態度に改める。

⬆レインもぞんざいに扱っていたが、実はヤバい悪魔ではないかと疑い始めた。

転生したらスライムだった件 美食伝～ペコとリムルの料理手帖～

革命せよ、異世界料理!!

告。魔国連邦《テンペスト》の食問題にスポットを当てたスピンオフ漫画。『転スラ』の料理がさらに美味しくなる過程を描きます。

アイデアを詰め込み最高の料理を生み出せ！

リムルの館の厨房で、配膳係長として働く人鬼族《ホブゴブリン》のペコ。リムルに美味しい料理を食べて欲しいという想いから、料理特化ユニークスキルに目覚める。そして、ペコのスキルによってひと手間加えられた料理はリムルも大満足するのだった。リムルは、ペコのスキルが近い将来に発生するであろう食問題の解決に役立つと考え、料理に関する様々なお願いをする。シュナたち厨房メンバーと協力し、リムルの期待に応えようとするペコ。食材の下準備や見た目の工夫で新たな料理を生み出していく。

「月刊少年シリウス」にて好評連載中！

原作：伏瀬　漫画：中谷チカ
キャラクター原案：みっつばー

直接《ちょくせつ》頭《あたま》の中《なか》に話《はな》しかけてくるー
パァァァァァ

←ペコのユニークスキル「料理番」は、味覚と嗅覚の感度上昇や食べた物の材料を分析できる。

魔国連邦《テンペスト》の料理が美味しくなる新たな"閃き"！

ゴブイチが作る料理が美味しいからこそ、リムルは故郷の料理を思い出す。ペコの力とアイデアは、リムルを満足させる料理を作るために必要不可欠なのだ！

リムルをうならせるメニュー！

この味《あじ》は……
この組《く》み合《あ》わせでしか
生《う》まれない！

ミックス天ぷら

リザードマン三氏族からの貢ぎ物を組み合わせて料理した天ぷら。水産物や山の珍味、新鮮な肉が絶妙なバランスでマリアージュ。いがみ合っていたリザードマンもこれで仲良し！

食材には美味しくなる合わせ方がいっぱい！　天ぷらは素材の味もしっかり味わえるよ！

舞茸ステーキ

舞茸に含まれるタンパク質分解酵素の働きによって、硬い肉の繊維が壊れ柔らかくなる。その結果、リムルも絶賛するほどの肉料理になった。

昔から硬い肉を柔らかくするため、舞茸を肉に巻いていたんだ。豆知識が役にたったよ！

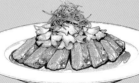

塩海老天丼

海老の天ぷらはカリカリ食感とプリプリ食感が楽しめる。塩と香辛料、岩のりを振ったシンプルな見た目だが、ごはんと食べることで、香りと旨味が口の中でハーモニーを奏でる。

ゴブイチさんがリムル様から教えてもらった天ぷらをごはんに乗せた料理です！

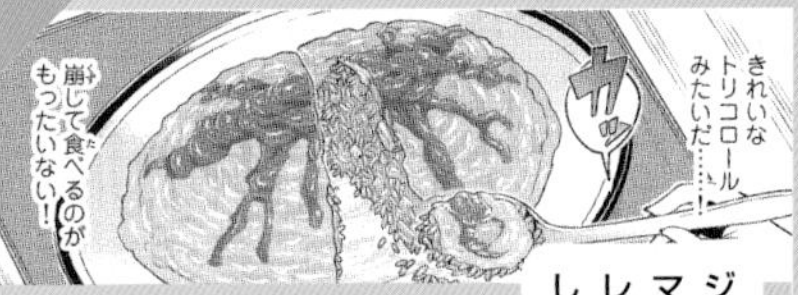
崩《くず》して食《た》べるのがもったいない！
ウッ
きれいなトリコロールみたいだ……！

ジェノベーゼライスオムレツ

バジルやチーズを混ぜたソースで作ったジェノベーゼチキンライスの上にトマトソース入りのオムレツを乗せて完成。オムレツを割るとソースが溢れて見た目も鮮やかに！

ジェノベーゼの緑色とトマトソースの赤色、オムレツの黄色と見た目も楽しい3色オムライスです。

転生したらスライムだった件 番外編

とある休暇の過ごし方

告。主様《マスター》、ヴェルドラ、ヒナタの休暇を描くスピンオフ漫画です。３人のやりとりが存分に楽しめます。

まだ見ぬ魔法を求める３人旅！

開国祭を無事に終えた魔国連邦《テンペスト》。いつものように漫画を読んでいたヴェルドラが獣魔術を使いたいと騒ぎ出す。リムルも乗り気になって魔法の開発に興味を持つが盟主としての仕事を投げ出すわけにもいかず諦めるつもりだった。だが、ルミナスの助言で「有給休暇」を取ることに。ヒナタも休暇を取り、ヴェルドラと３人で膨大な魔法を記録している魔塔へ向かう。リムルたちを待ち受けるのものとは!?

⬆休みを取るにあたって、仲間たちとしっかり打ち合わせをし、仕事と心配事は処理済。

解析《ダイジェスト》

魔塔へ休暇《バカンス》旅行!!

原作：伏瀬
漫画：高田裕三
キャラクター原案：みっつばー

「月刊少年シリウス」にて好評連載中！

目的地は魔法の塔

新月の晩に海中の渦から出現する魔塔。古今東西の魔法や貴重な資料が記録されており、ルミナスの知人もいるらしい。

三上悟が転生したのは電気メーカーの課長！

三上悟は通り魔に刺され、気が付くと漫画の主人公である島耕作になっていた。漫画を読んでいた悟はその知識を使って島耕作として生活をおくる。そして、原作のエピソードでもある会社の情報漏洩事件を解決するため、独自に立ち回る。

マンガの知識でピンチを乗り切れ!

島耕作として過ごす悟だったが、家庭での様子までは知らないため、家族関係がギスギスに。37歳独身には厳しい環境が待っていた。

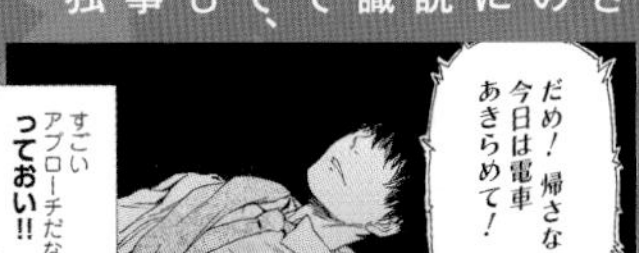

⬆本編と同じに見えるが大賢者さんはいない。

弘兼憲史×伏瀬×川上泰樹
キャラクター原案：みっつばー

全①巻好評発売中！

転生先はマンガの中!?

転生したらスライムだった件 解析《ダイジェスト》

転生したら島耕作だった件

告。有名漫画『島耕作シリーズ』と『転スラ』のコラボレーション。三上悟が、スライムではなく島耕作に転生します。

TVアニメ 第1期
転生したらスライムだった件

映像解析《フィルムダイジェスト》

告。2018年10月より6ヶ月に渡って放送されたアニメ第1期。映像と音で作品の新たな魅力を引き出した、アニメの世界を紐解きます。

1体のスライムが様々な魔物と出会い……

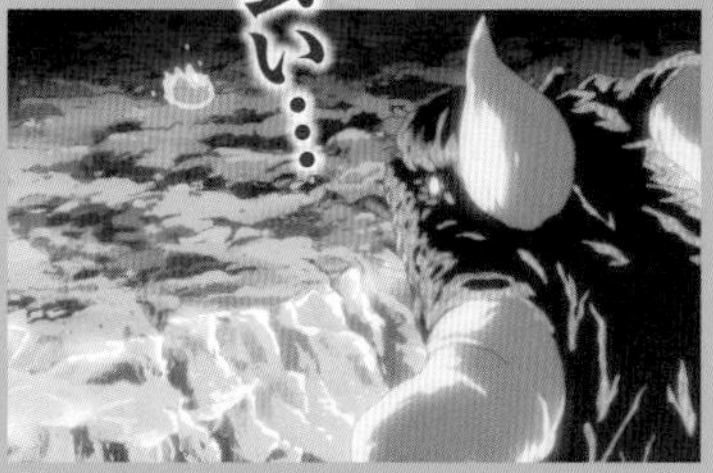

⬅⬆スライムに転生した三上悟。洞窟を彷徨っているとヴェルドラと遭遇した。

リムルのスライム生活《ライフ》を美麗映像で楽しめる

日本人サラリーマン・三上悟が最弱(!?)の魔物・スライムに転生したところから物語が開幕。第1期では、「リムル」と名付けてもらった盟友ヴェルドラとの出会い、のちに仲間となる牙狼族や大鬼族《オーガ》、豚《オー》頭帝《クロード》との戦いを描く。さらに、シズを主役に据えたオリジナルの外伝やヴェルドラ視点のエピソードも楽しめる。

仲間と快適な国づくり!

リムル=テンペスト
CV:岡咲美保

ユニークスキルを持つスライム。元は日本人サラリーマンだった。異世界転生者のシズを捕食したことで人型の姿も得る。胃袋には盟友・ヴェルドラを擁する。

DATA
◆原作:川上泰樹、伏瀬、みっつばー
『転生したらスライムだった件』(講談社「月刊少年シリウス」連載)
◆放送期間:2018年10月~2019年3月
◆放送局:TOKYO MX ほか　◆話数:全25話
◆メインスタッフ　監督:菊地康仁　副監督:中山敦史
シリーズ構成:筆安一幸　キャラクターデザイン:江畑諒真
モンスターデザイン:岸田隆宏　美術監督:佐藤歩
美術設定:藤瀬智康、佐藤正浩　色彩設計:斉藤麻記
撮影監督:佐藤洋　グラフィックデザイナー:生原雄次
編集:神宮司由美　音響監督:明田川仁
音楽:Elements Garden　アニメーション制作:エイトビット

閑話　ヴェルドラ日記

暴風竜がイフリートにリムルとの出会いを語る

胃袋の中で退屈していた暴風竜・ヴェルドラは、リムルに捕食されたイフリートを呼び込む。そして将棋を指しながら、イフリートにリムルとの出会いやこれまでの出来事を饒舌に語りだすのだった。

➡シズの死を知ったイフリートは、シズへの率直な想いを吐露する。

外伝　黒と仮面

「爆炎の支配者」のある戦いを描く

時はリムルの誕生以前。「爆炎の支配者」の二つ名で知られるシズは、ある仕事でフィルトウッド王国を訪問する。城には腕利きの冒険者が多数集められ、復活した悪魔の討伐を依頼されるのだが……。

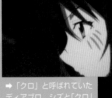

➡「クロ」と呼ばれていたディアブロ。シズと「クロ」は激闘を繰り広げる。

第1期　魔物図鑑

告。第1期に登場した昆虫系や獣系のおもだった魔物を解説します。

黒蛇

封印の洞窟内に生息するトップレベルの巨大蛇。固有スキルは「熱源感知」と「毒霧吐息」。リムルに捕食された。

甲殻《アーマーサウルス》トカゲ

リムルに捕食されたトカゲの魔物。固有スキルは「身体装甲」。肉体の一部を硬化させ、防御することができる。

エビルムカデ

ヴェルドラの魔素だまりから生まれた巨大ムカデの魔物。固有スキルは吐息で相手を麻痺させる「麻痺吐息」。

ブラックスパイダー

クモ型の魔物。固有スキル「鋼糸」と「粘糸」。捕食でゲットしたこのスキルは、リムルが牙狼族の制圧に使用した。

ジャイアントバット

リムルが自身の声を手に入れるため、捕食したコウモリ型の魔物。固有スキルは「吸血」と「超音波」を保持。

巨大妖蟻《ジャイアントアント》

カバルが巣をつついたことで、襲ってきた巨大蟻型の魔物。シズの炎と、リムルの「黒稲妻」で大群を撃退した。

槍脚鎧蜘蛛《ナイトスパイダー》

頑丈な外骨格を持つクモ型の魔物。ジュラの大森林に生息する。鍋にして食べると天に昇るほど美味しいらしい。

空泳巨大鮫《メガロドン》

暴風大妖渦《カリュブディス》が異世界から召喚した鮫型の魔物。強さはAランク級。暴風大妖《カリュブディ》渦《ス》を取り囲むように群れで移動する。

天空竜《スカイドラゴン》

暴風大妖渦《カリュブディス》と同ランク帯の上位龍族《アークドラゴン》。口から強烈な雷撃を発する。イングラシア王国周辺で、リムルに倒された。

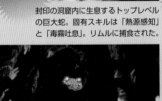

TVアニメ 第2期

転生したらスライムだった件

映像解析《フィルムダイジェスト》

告。2021年、2部にわたって放送されたアニメ第2期を振り返ります。また、各パートをつなぐ「閑話」、「必殺技図鑑」も補完します。

広がる友好国！

テンペスト最大の危機 リムルが「魔王」へ進化！

第2期ではリムルとヒナタの初対戦、異世界人による「ジュラ・テンペスト連邦国」襲撃や「魔王達の宴《ワルプルギス》」でのリムルとクレイマンの激闘が描かれる。新たな仲間・ディアブロの登場や、ユニークスキル「大賢者」から「智慧之王《ラファエル》」への進化、ヴェルドラの復活など見どころ満載。閑話ではヴェルドラ復活の裏話も明かされる。

異世界人の奇襲で テンペストに多くの犠牲が…

VSクレイマン！ 『八星魔王《オクタグラム》』、誕生

DATA
◆原作：川上泰樹、伏瀬、みっつばー
『転生したらスライムだった件』（講談社「月刊少年シリウス」連載）
◆放送期間：第1部2021年1月〜3月/第2部2021年7月〜9月
◆放送局：TOKYO MX ほか　◆話数：全26話
◆メインスタッフ　監督：中山敦史　シリーズ構成：筆安一幸
キャラクターデザイン：江畑諒真　モンスターデザイン：岸田隆宏　美術監督：佐藤歩
美術設定：藤瀬智康、佐藤正浩
色彩設計：斉藤麻記　撮影監督：佐藤洋
グラフィックデザイナー：生原雄次
編集：神宮司由美　音響監督：明田川仁
音楽：Elements Garden
アニメーション制作：エイトビット

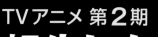

閑話 ヴェルドラ日記2

ヴェルドラとイフリートに「智慧之王《ラファエル》」が苦言を呈する

ヒナタとの激戦、ファルムス王国の襲撃、そしてリムルの「魔王」化。一連の出来事を胃袋から見守り続けてきたヴェルドラは、リムルの「智《ラ》慧之王《ファエル》」により、復活の時を迎えようとしていた……。

⬆胃袋の中に「智慧之王《ラファエル》」が出現。ヴェルドラとイフリートに修行を促す。

閑話 ヒナタ・サカグチ

シズの教え子・ヒナタがリムルの存在を知る！

西方聖教会聖騎士団長を務めるヒナタ・サカグチは、東の商人から寄せられた親書に目を通していた。そこには魔物の新興国「ジュラ・テンペスト」の実態が記されていて……。対するヒナタの心中は!?

➡第1期の出来事を振り返りつつ、リムルは新たなステージへ進む。

必殺技図鑑 第2期

告。技術《アーツ》や神聖魔法など、第2期で登場した必殺技を紹介します。

魔法 魔法不能領域《アンチマジックエリア》

使用者：ミュウラン

範囲内において新たな魔法の使用を不可とする結界。ただし既存の魔法は継続でき、魔法道具も使用可能だ。

魔法 七彩終焉刺突撃《デッド・エンド・レインボー》

使用者：ヒナタ

ヒナタの持つ細剣・レイピアの技術《アーツ》。相手に7回攻撃を当てることで、精神を切り刻み、死に至らせる必殺技。

魔法 神之怒《メギド》

使用者：リムル

リムルが開発した魔法。空中に無数のレンズを形成し、太陽光のレーザーで広範囲の標的を一度に焼き尽くす。

技術《アーツ》 獣魔粒子咆《ビースト・ロア》

使用者：カリオン

獣王カリオンの必殺技。魔力で放たれる強烈な粒子咆。その威力は絶大で、直線状にあるものすべてを消し飛ばす。

魔法 竜星爆炎覇《ドラゴ・ノヴァ》

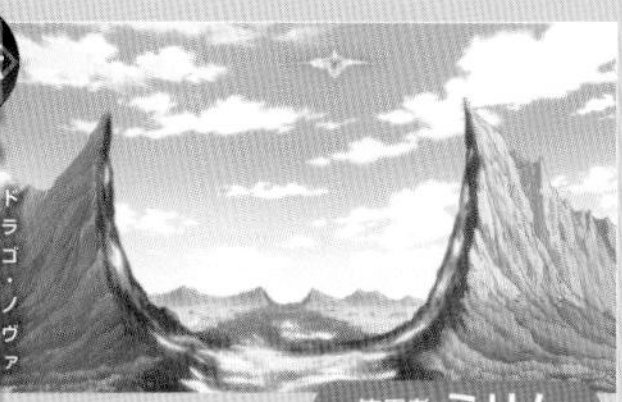

使用者：ミリム

カリオンとのバトルで放った魔法。一撃の光線で、獣王国ユーラザニアの首都を更地にする威力がある。

魔法 霊子崩壊《ディスインテグレーション》

使用者：ヒナタ、アダルマン

最大級の威力を誇る神聖魔法。秒速30万キロメートルの閃光で、万物を消滅させる。だが、詠唱に時間を要する。

魔法 霊子暴走《オーバードライブ》

使用者：シュナ

シュナが使用した神聖魔法の一種。「解析者《サトルモノ》」で、アダルマンの「霊《ディス》子崩壊《インテグレーション》」を書き換え、霊子を暴走させた。

技術《アーツ》 龍派破壊砲《デモンブラスター》

使用者：クレイマン

覚醒したクレイマンの最高奥義。集積した地脈と、自身の魔素を織りまぜた強大なエネルギー弾を放つ。

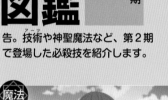

TVアニメ
転生したらスライムだった件
転スラ日記

告。第2期の1stと2ndシーズンの間に放送された4コマコミック『転スラ日記』のアニメシリーズ。全12話の記録を振り返ります。

映像解析《フィルムダイジェスト》

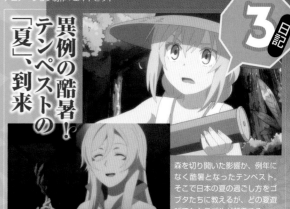

スピンオフシリーズが全12話で映像化！

テンペストでは貴重な「紙」を入手したリムル。そこで転生してからこれまでの波乱万丈なスライム生(？)を日記形式でつづることにした。その書き出しは「転生したらスライムだった」。四季折々、日本文化を取り入れながら快適な生活を目指すリムル。そして魔物たちの平和な日常を珠玉のショートコメディでお届けする。

1日記

リムルのスライム日記、始動!?

日記を書き始めたものの、あっという間に断筆したリムル。そこで、皆の日常に目を向けてみることに。リムルは仲間の意外な一面を知り……。

2日記

知られざる(!?)リムルの休日

豚頭帝《オークロード》との激戦を終え、久々に休暇をとるリムル。ゴブタと食べ歩きをし、休みを満喫しようと試みるが、結局は畑仕事に精を出してしまう。

DATA
◆原作：柴、伏瀬、みっつばー
『転スラ日記 転生したらスライムだった件』(講談社「月刊少年シリウス」連載)
◆放送期間：2021年4月～6月 ◆放送局：TOKYO MX ほか ◆話数：全12話
◆メインスタッフ 監督：生原雄次 アニメーションディレクター：井之川慎太郎、登坂晋
シリーズ構成：コタツミカン キャラクターデザイン：髙井里沙、入江篤 美術監督：佐藤歩
色彩設計：斉藤麻記 撮影監督：佐藤洋 CGIディレクター：生原雄次、相澤楓馬
編集：神宮司由美 音響監督：明田川仁 音楽：R・O・N
アニメーション制作：エイトビット

3日記

異例の酷暑！ テンペストの「夏」、到来

森を切り開いた影響か、例年になく酷暑となったテンペスト。そこで日本の夏の過ごし方をゴブタたちに教えるが、どの夏遊びでもトラブルが頻発する。

4日記

涼をとるため、森の湖を来訪したリムルたち。その一方、リムルの中から水遊びを眺めていたヴェルドラは楽しさを全く理解できず……。

夏だ！ 水着だ！ 避暑地へGO!!

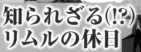

5 日記

テンペストの「ナツマツリ」

「ナツマツリ」をやりたいというリムルの希望を叶えるため、魔物たちは山車、櫓を製作。そして当日は、見事な花火が打ちあがる。

6 日記

シズの魂が「お盆」に帰還

各々の種族の歴史を語り合い、絆を深め合う魔物の「お盆」。リムルがお盆休みの計画を立てるなか、シズの魂も還ってきたようで……。

7 日記

破壊の暴君《デストロイ》ミリム来襲

テンペストに激震を走らせた魔王・ミリムの来訪。その一部始終をリグルドは「被害報告書」にまとめていた。さすがのリグルドもブチギレ寸前!?

8 日記

実りの秋！豊作の収穫祭

テンペストで収穫祭が始まった。シオンやミリムも競い合って芋ほりにまい進。そして最後は皆で焼き芋パーティーを楽しむのであった。

9 日記

『火の用心』始めました

日本と同じく、木造建築の多いテンペスト。火災を懸念したリムルの提案で、ベニマルを中心とした「火の用心」キャンペーンが始まる。

10 日記

一面の雪景色！テンペストに冬来《きた》る

大雪を目前に、童心に返るリムルたち。総出で除雪作業が始まり、たまたま顔を出したヨウムも問答無用で手伝わされる。

11 日記

魔物たちのクリスマス

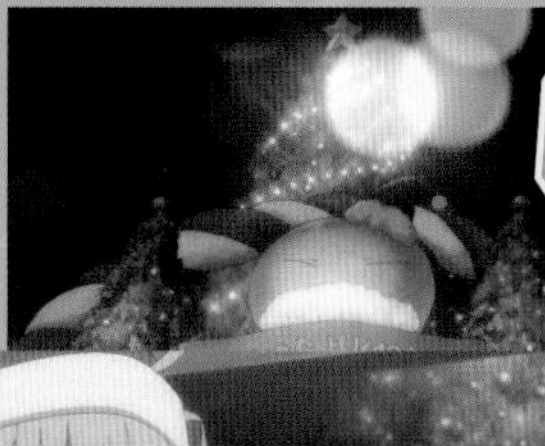

「クリスマス」を知らない魔物たちに、かみ砕いて説明するリムル。その結果、クリスマスケーキなどを用意して「宴」を開くことになる。

12 日記

リムルの楽しいお正月

初詣のために建設した「神社」が完成した。その神社に「リムル様こそがご神体」と言われ、リムルが社に祀られることになり……!?

劇場版アニメ
転生したらスライムだった件 紅蓮の絆編

告。アニメ『転スラ』の記念すべき初の映画作品を紹介。本作は原作者・伏瀬先生がストーリー原案を担当したオリジナル新作です。

映像解析《フィルムダイジェスト》

深手を負った大鬼族《オーガ》は小国の姫に命を救われ…

伏瀬先生が書き下ろしたシリーズ初の劇場作品！

テンペストの西方に位置する「ラージャ小亜国」。その女王・トワは代々引き継がれたティアラの魔力で民を守ってきたが、その代償で病にふせってしまう。その危機を救うべくラージャ小亜国の使者として、大鬼族《オーガ》の生き残りである「ヒイロ」がテンペストを来訪。ヒイロは、女王を救うため、リムルを連れて国へ戻るのだが……。

生きわかれた仲間との奇跡の再会

そして隣国のためにリムルが動く！

DATA
◆原作：川上泰樹、伏瀬、みっつばー
『転生したらスライムだった件』
(講談社「月刊少年シリウス」連載)
◆公開日：2022年11月25日
◆配給：バンダイナムコフィルムワークス
◆放映時間：108分
◆メインスタッフ　ストーリー原案：伏瀬
監督：菊地康仁　脚本：筆安一幸
キャラクターデザイン：江畑諒真
モンスターデザイン：岸田隆宏
総作画監督：田中雄一
コンセプトアート：富安健一郎(INEI)
美術デザイン：ボワセイユ レミ、佐藤正浩　美術監督：佐藤歩
美術：スタジオなや　色彩設計：斉藤麻記　モニターグラフィックス：生原雄次
CGIプロデューサー：町田政彌　編集：神宮司由美　撮影監督：佐藤洋
撮影：チップチューン　音響監督：明田川仁　音楽：藤間仁(Elements Garden)
アニメーション制作：エイトビット　製作：転スラ製作委員会

女王を蝕む「呪い」と再び忍び寄る闇

利用され暴走するヒイロ トワとラージャ小亜国の運命は!?

国&人物紹介

告。劇場版で活躍したキャラクター、舞台となった国を紹介します。

ラージャ小亜国

テンペストの西に位置する小国。かつては金の採掘で繁栄していたが、現在は鉱山毒に侵され危機的状況にある。王家は魔力を持つティアラを受け継いでいる。

トワ
CV:福本莉子

瀕死のヒイロを助けたラージャ小亜国の女王。継承したティアラの魔力を使うたびに、自身の命が蝕まれている。

ヒイロ
CV:内田雄馬

壊滅した大鬼族《オーガ》の生き残り。「ラージャ小亜国」のトワから名づけをされた。命の恩人のトワに忠誠を誓う。

ヴィオレ
CV:富田美憂

「原初の悪魔」の一柱。ディアブロとは旧知の仲で、先に名前持ちとなったディアブロをうらやんでいる節がある。

アニメ

転生したらスライムだった件

コリウスの夢

映像紹介《フィルムアウトライン》

告。アニメ第２期Blu-rayの特典ブックレット用に書き下ろされた小説『コリウスの夢』が、全３話でアニメ化。その内容を紹介します。

第1期と第2期をつなぐ完全オリジナルストーリー

「転スラ10thプロジェクト」の一環で短編小説のアニメ化が実現。イングラシア王国で教師生活をおくっていたリムルに、ユウキはある仕事を依頼。リムルがコリウス王国へ派遣されたことから壮大な物語が始まる。

リムルの華麗なる潜入捜査の行方は…!?

ルミナス

2000年以上前から生きる吸血鬼族《ヴァンパイア》の魔王。西方聖教会が信仰するルミナス教の「神」の正体でもある。

サトル

リムルの前世・三上悟にそっくりな大怪盗。コリウス王国へ潜入の際、リムルが正体を隠すために変身した。

STORY 自由組合総帥《グランドマスター》・ユウキの依頼でリムルが「コリウス王国」へ

自由学園のシズの教え子たちを救い、イングラシア王国での滞在期間もあとわずかとなったリムル。そんな折、グランドマスターのユウキから、ある仕事を頼まれる。それはイングラシアとルベリオスに挟まれた「コリウス王国」での潜入調査だった。王位継承争いをしている内情を探るべく、リムルは「サトル」として王国に潜入。しかし、その争いには人間、吸血鬼族《ヴァンパイア》、悪魔族《デーモン》の思惑が絡み合っていて……!?

DATA

◆原作：川上泰樹、伏瀬、みっつばー
『転生したらスライムだった件』
(講談社「月刊少年シリウス」連載)
◆配信開始日：2023年11月1日(水) 0時より
◆話数：全3話
◆メインスタッフ　監督：中山敦史
シリーズ構成：根元歳三　キャラクターデザイン：江畑諒真
モンスターデザイン：岸田隆宏
コンセプトアート：富安健一郎(INEI)　美術：スタジオなや
美術監督：佐藤歩　美術設定：藤瀬智康、佐藤正浩
色彩設計：斉藤麻記　撮影監督：佐藤洋
グラフィックデザイナー：生原雄次　編集：神宮司由美
音響監督：明田川仁 音楽：藤間仁(Elements Garden)
アニメーション制作：エイトビット

TVアニメ 第3期

転生したらスライムだった件

映像紹介《フィルムアウトライン》

魔王リムルの冒険譚 待望の新章、開幕！

クレイマンとのバトルに勝利して、正式に「八星魔王《オクタグラム》」の仲間入りを果たしたリムル。その噂は西方聖教会へも広まり、新魔王誕生と暴風竜の復活について会議が開かれていた。そこにヒナタ宛の不穏な伝言が届き……。

告。第２期から３年の時を経て、アニメ第３期が放送。「八星魔王《オクタグラム》」の一柱となった魔王・リムルの物語が再びアニメで動き始めます。

ファルムス王国との決着は――
ディアブロが手腕を振るう！
リムルとヒナタが再び、激突!?
そしてミステリアスなルミナスの心のうちは……？

2024年春 日本テレビ系にて 第3期 放送開始!!

舞台 転生したらスライムだった件 解析《ダイジェスト》

リムルの異世界ライフを舞台化!!

告。主様《マスター》のスライム転生物語を舞台で楽しめます。『転スラ』の世界に浸れる演出とキャストの迫真の演技が見所。

舞台ならではの演出やかけ合いに注目！

三上悟がスライムに転生してから、ヴェルドラやシズとの出会いと別れ、そして豚頭帝《オークロード》との戦いまでを描く舞台『転スラ』！　スライムのぽよぽよした動きや人間への変身を、舞台だからこその仕掛けで再現する。さらに、激しいアクションやクスッと笑えるギャグなど見所満載。唯一無二の『転スラ』をお届けする！

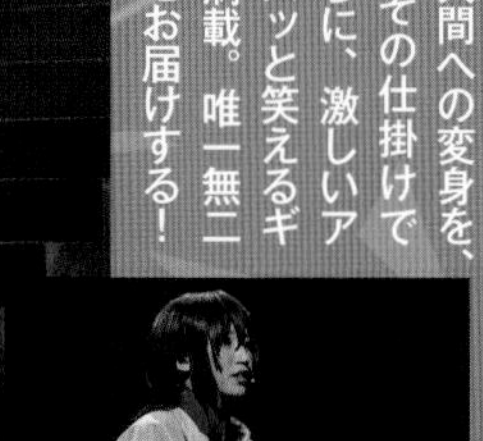

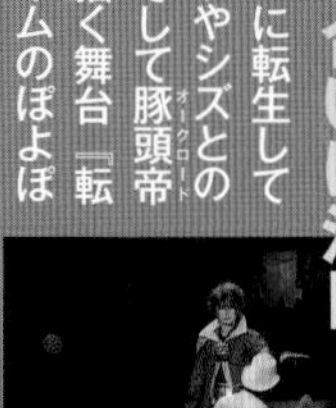

◆CAST

リムル=テンペスト――尾木波菜（≠ME）
ベニマル――仲田博喜
シオン――吉川友
シュナ――篠崎彩奈（AKB48）
ゲルド――宮下雄也
ガビル――松田岳
ランガ――小南光司
シズ――七木奏音
ゴブタ――杉咲真広
ソウエイ――北村諒
ハクロウ――萩野崇
大賢者――豊口めぐみ（声の出演）

◆アンサンブル

赤江耕之助／石川鈴菜／石澤友規／小川隆将／佐久間貴生／末髙伊織
杉山湧哉／高野雄貴／新張将洋／山﨑紫生／山田隼人

◆STAFF

原作　川上泰樹・伏瀬・みっつばー
　『転生したらスライムだった件』（講談社「月刊少年シリウス」連載）
脚本・演出・作詞：伊勢直弘　舞台音楽：こおろぎ　殺陣指導：奥住英明
スライムギミック：風船太郎（映像出演）　振付：相原えみり
歌唱指導：水野里香　技術監督：寅川英司　舞台監督：佐光望
美術：竹邊奈津子　照明：田中徹　音響：高橋秀雄、石井雄大
映像：荒川ヒロキ、森すみれ　衣裳：加藤佑里恵　ヘアメイク：松前詠美子
小道具：羽鳥健一　演出助手：入江浩平
デザイナー：TRMN　カメラマン：草場雄介
制作進行：杉田智彦　制作：DMM STAGE
主催：舞台『転生したらスライムだった件』製作委員会

◆公演

大阪公演　2023年8/3(木)～8/5(土)
東京公演　2023年8/11(金)～8/14(月)

◆Blu-ray情報

舞台『転生したらスライムだった件』Blu-ray 発売！
発売日：2024年1月24日(水)
価　格：10,780円
　（税抜き価格：9,800円）
収録内容：本編映像＋特典映像

詳細は公式サイトをチェック！➡

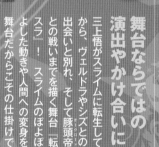

アフターステージ!!

リムル=テンペスト役

尾木波菜（≠ME）さん SP《スペシャル》インタビュー!!!

リムルを演じる尾木波菜さんに、『転スラ』の魅力や舞台についてお聞きした。尾木さんの『転スラ』愛が溢れて止まらない！

© YOANI

尾木波菜（≠ME）
指原莉乃がプロデュースするアイドルグループ「≠ME」のメンバー。TV番組など活躍の場を広げている。

リムルが持つ優しさに憧れます。

――尾木さんと『転スラ』の出会いについてお聞かせください。

尾木波菜（以下、尾木） 初めて『転スラ』に触れたのは中学2年生の時です。ちょうどライトノベルにハマり始めた頃に『転スラ』と出会いました。

――6~7年も前ですか！『転スラ』は小説の単行本としてはサイズが大きいですが、当時は「全部読めるかな」といった不安はなかったですか？

尾木 小学生の頃から『ハリー・ポッターシリーズ』等を読んでいたので本の大きさに不安はなかったです（笑）。

――確かにそれなら問題なく読み進められそうです。多くのライトノベル作品の中から『転スラ』を手にしたきっかけはあったんでしょうか？

尾木 表紙のイラストが気になって手に取ったんです。私は表紙の絵と、裏表紙に書いてあるあらすじでどんなお話なのかを見てから読むか決めることが多いのですが、『転スラ』はイラストに一目ぼれでした！

――みっつばー先生のイラストが決め手だったんですね。

尾木 そうですね。読んでみるとヴェルドラが出てきて「これは好きだ！」となりました。自分の中でハマる要素というのがあって「ドラゴンが出てくるお話」が特に好きなんです。あと、1巻を読み終えた時点で、これからどうなっていくんだろうというワクワク感でさらにハマりましたね。

――ハマる要素しかなかったわけですね（笑）。そんな尾木さんにとっての『転スラ』の魅力を教えてください。

尾木 三上悟がスライムに転生して、仲間を増やし、国を作り、仲間との絆を深めていくところに魅力を感じました。リグルドやベニマルたちがリムルと出会って性格が変わっていく姿を見るのも楽しくて可愛いですし、リムルが仲間をとても大事にしているのが伝わってきます。新刊が出る度に、最初から読み返したくなる中毒性があります。

――新刊が出る時は『転スラ』漬けになってしまいそうですね。

尾木 お話の続きも気になってつい夜更かしをしてしまいます（笑）。

――リムルの魅力はどんなところでしょうか。

尾木 やっぱり人柄や優しさです！ 力だけで有無を言わせず自分に従わせることもできるのに、まずはちゃんと話し合いで解決しようとしますよね。それでリムルにすぐ従っちゃう仲間たちも可愛いなと思いますし、リムルの人柄だからこそ出来ていることだと思います。

――たしかに仲間が増える過程はリムルだからこそだと思います。リムルの器の大きさで印象に残った場面はありますか？

尾木 リムルが魔王になる時でしょうか。リムルが本気で怒っていたのが印象に残っています。シオンたちがファルムス王国の襲撃で殺されてしまった時に、「リムルって怒るんだ」と思ったくらいですし。でも怒りの感情だけで行動を起こさないからこそ、戦いが終わったあとに敵対していたキャラと和解できるのかなと思います。

――リムルは進んで外国を侵略しませんしね。

尾木 リムルを敵視する人たちは「強すぎて怖い」「調子に乗っているから嫌だ」という理由ですけど、リムルが相手を嫌がったり、怒ったりする理由は「仲間を傷つけられたから」なんですよね。スライムに転生する前の三上悟の性格なのかもしれませんが、人間の世界では珍しい性格の人だなって思います。

――印象に残った場面とは別に、尾木さんの好きなエピソードはありますか？

尾木 最初のリムルとヴェルドラのシーンですね。『転スラ』を全部読もうって思ったシーンですし、自分にすごく刺さったんですよね。アニメだと、宴のシーンや、シュナとシオンが喧嘩しているシーンとか、日常のほのぼのしたエピソードが好きです。

――尾木さんからは『転スラ』愛がすごく伝わってきます。『転スラ』が好きでつ

いやってしまうことはありますか？

尾木　私は好きな作品に影響されやすいので、いろいろ人生の参考にしてしまいます。難しいかもしれませんがリムルのように優しく、ミリムのように可愛くなりたいと思っていますね。

――素晴らしいです！（笑）リムルと会えるならどんなお話をしたいですか？

尾木　漫画やアニメについてオタクトークをしてみたり、あとはやっぱり仲良くなりたいですね。リムルと仲良くなったらどんな悩みも小さく感じそうですし、いろいろ相談にも乗ってほしいです！

――そんなリムル役が決まった時から、公演が始まるまでの気持ちをお聞かせください。

尾木　まずリムル役に決まったことが信じられなくて、ふわふわした気持ちのままビジュアル撮影日を迎えました。そこでリムルの姿になって初めて、「これは本当なんだな」と実感しましたね（笑）。

――初めてリムルになった自分の姿を見てどんな印象でしたか？

尾木　今まで髪を染めたことがなかったので、似合うか心配だったんですけど、自分が思っていたよりも青髪や黄色い瞳に違和感はなかったのではないかなと思います。

――リムル姿は本当にバッチリでした。ご家族の反応はどうでしたか？

尾木　両親や弟も『転スラ』を知っていたので本当に喜んでくれました。舞台も家族皆で観に来て、応援してくれましたね。

――お芝居についてはどんな思いで臨まれましたか？

尾木　私は舞台経験がほとんどなく、役者としての実力はまだまだだなと自分自身思っていましたし、自分の中に思い描くリムル像が綺麗すぎて、それを表現するのは簡単なことではないなと考えていました。その上で、リムルを演じるのが楽しみで、がむしゃらに自分の出来ることをやりきろう、演じるからには私でよかったなと、観ていただいた方に思ってもらえたらという気持ちで臨みましたね。

――好きな作品だからこそ思い描くリムル像に近づくのは大変だったかと思います。その経験を経た上で、尾木さんの考えるリムルについて教えてください。

尾木　1つ1つの行動に意味があるキャラクターだなと思っています。演じる上で各シーンの繋がりを意識して台詞を話したり、テンションを変えたり、各キャラとの掛け合いもリムルが相手をどう思っているかを考えましたね。リムルの感情の機微をお芝居で表現することが自分の中の課題だったんですが、実際にやってみたらあまり気持ちが乗っていないように見えて難しかったです。

――相当な試行錯誤で尾木さんが演じるリムルが生まれたんですね。バトルシーンでは激しい動きもありましたが、稽古はどんなところが大変でしたか？

尾木　殺陣《たて》ですね。剣を握ったことがなかったので、どう構えたらいいのかも手探りの状態だったんです。

――実践あるのみという感じですね。

尾木　共演者の皆さんは流れるようなかっこ良い殺陣《たて》でしたが、自分はなかなか上手くできなくて、思っていた100倍は難しかったです。

――稽古期間はどのくらいあったのでしょうか？

尾木　約1ヶ月間ですね。大変でしたが、すごく楽しかったです。毎日新しいことを知る、舞台の世界に触れられる、というのは貴重な経験でしたし、お芝居についてもっと勉強したいなと思いました。

――キャストの皆さんとはお芝居についてどんなお話をされましたか？

尾木　演劇の基礎知識から発声方法などを丁寧に教えていただきました。バトルシーンの動き方や殺陣《たて》も勉強になりましたね。リムルの動きについて相談させてもらったことがあるんですが、「思った通りにやってみて。合わせるから大丈夫だよ」と言ってくださり、千秋楽まで助けていただきました。

尾木波菜の推しキャラクター！

リムル

リムルのビジュアルにハマって『転スラ』を読み始めたので、やっぱり好きです。自分でボケてツッコんで、みたいな面白さもあります。リムルのような性格になりたいなとすごく思いました。

ヴェルドラ

竜の姿も好きなのですが、人型になってからのビジュアルも好きです。おちゃめなのにとても強くて、世界中の人たちから恐れられているのに実は可愛いというのが私のツボです。ずっとリムルの中にいて漫画に触れてからちょっとオタクになっているのも可愛いですし、大事なところではしっかり決めて、リムルのピンチには手を貸す。そういうかっこ良さと男らしさがすごく好きです。

ミリム

とにかくカワイイ！　ちょっと単純なところがヴェルドラと似てますよね。子供っぽさやリムルに何を言われてもポジティブ変換するところもすごく好きで、ビジュアルも最高です。ミリムの面倒を見たいと思っちゃうほどハマりました。

リムルを演じて、さらに『転スラ愛』が深まりました！

――それは心強いですね。舞台での細かい動きは稽古をしながら仕上げたんですか？

尾木　細部の動きまでご指導いただく部分もありますが、日常シーンでは細かい立ち位置が決まっていないこともあったので、自分の気持ちのままに動いていましたね。

――日常シーンは公演毎に変化を楽しめたんですね。リムルのスライム姿と人間の姿を入れ替える演出も印象的でした。

尾木　入れ替えの演出は、パネルの映像と自分の動きを合わせるのがすごく難しかったです。映像と自分の動きを合わせるタイミングが掴みにくかったですね。意外と自分が思うより急がなくても大丈夫だとわかってからは、スムーズにできるようになりました。それでも本番直前まで練習していましたね。

――重要な場面ですし、公演初日は特にプレッシャーを感じたのではないでしょうか？

尾木　とにかく緊張していましたね。入れ替えシーンだけでなく、本番前のゲネプロでは緊張でやりたいことが全くできなかったのですが、本番でお客さんの反応を見ることで自分の気持ちも集中力もより高まって、今までで一番良い演技ができたなと公演初日が終わった時は思いました。

――全公演が終わって気持ちの変化を教えてください。

尾木　最初は演技やカーテンコールの挨拶もなかなか思うようにできなかったのですが、千秋楽のカーテンコールでは、胸を張ってお話することができたかなと思います。それも、リムルというキャラクターを演じたからこそ、自分の中で１つ進化できたと感じましたね。何より『転スラ』がもっと好きになりましたし、またこの世界に染まれたらいいなと思っています。

――公演初日の姿と千秋楽の姿にも変化を感じたのではないでしょうか？

尾木　最初のビジュアル撮影では、コスプレに近い気持ちもありましたが、千秋楽では自分でも当たり前の姿みたいに思っていましたね。

――演じるのではなく自然な形でリムルになりきれていたんですね。ちなみにアドリブシーンはかなりあったのでしょうか？

尾木　お客さんの笑いが起こるシーンはほぼアドリブシーンでした。事前の打ち合わせはしていなかったんです。

――それは緊張しますね（笑）。

尾木　毎回ハラハラしながら、振られたものをどうやって返そうかとドキドキしていました。でも毎公演そのシーンがあるからこそ楽しかったですし、そのシーンを見たいからリピーターチケットを買ってくださる方もたくさんいらっしゃったので、すごく良いポイントだったなと思います。

――大阪公演では伏瀬先生とお会いになったと聞きましたが、どんなお話をされたんですか？

尾木　まさか伏瀬先生にお会いできると思っていなかったですし、公演を観に来てくださったことがすごく嬉しかったです。伏瀬先生から「良かった、すごく似ていた」と言っていただき、テンションが上がりましたね！

――伏瀬先生の言葉は勇気づけられますね。それでは、最後に『転スラ』10周年のメッセージをお願いします。

尾木　『転生したらスライムだった件』10周年、おめでとうございます！　幼い頃から触れてきた作品に、10周年という機会で関わらせていただけるのは光栄で嬉しく思います。中学生の頃の私からは想像できなかったですし、その頃の自分が見たら喜ぶと思います。作品に関わらせていただいた者として、そして一ファンとして、これからも『転スラ』を応援したいと思います！

――ありがとうございました！

尾木さんの質問に伏瀬先生が回答！

Q ヴェルドラを人型にするというのは最初から考えていたのでしょうか？

A 竜と言えば人化なので人の姿になるのもアリかなと……。ただ、当初の構想ではそこまでいかないだろうと思っていたので、深い設定などは考えないまま執筆していった感じです。作品にファンが生まれて、この物語をもっと続けようと決意してから、ヴェルドラの人化も含めて設定を練り直しました（笑）。

転生したらスライムだった件 アプリゲーム

魔国連邦創世記《ロードオブテンペスト》

解析《アナライズ》

告。『転スラ』キャラと一緒に「魔国連邦《テンペスト》」の町をつくるゲームです。

リムルたちと一緒に
発展させる魔国連邦《テンペスト》！

お手軽プレイで町づくり！

魔国連邦《テンペスト》を1からつくるゲームを配信中。好きなキャラでPTを組んで強敵に挑むバトルや町作りが楽しめる。ミニキャラによるバトルは強力な必殺技を使いこなして勝利を目指そう！　キャラや装備品の強化など育成要素も充実しているぞ！　町は施設を建て、住民を増やすことで発展。住民の忠誠度を上げ、新しい施設を建てて国を大きくしていこう！

仲間を集めて
WAVE 1/1
AUTO

施設をつくって
改装中

スタミナ
789/999
999,999
999,999
住民 100,000人
1,678/100,000
Lv.150
活気あふれる
魔国連邦《テンペスト》に！
スカウト
キャラ
鍛冶屋
交換所
闘技場
クエスト

転生したら
スライム
だった件
魔国連邦創世記《ロード オブ テンペスト》

価格：ダウンロード無料・一部アイテム課金
対応OS：iOS／Android／Windows

転生したらスライムだった件

アプリゲーム

魔王と竜の建国譚

解析《アナライズ》

告。美麗グラフィックでアニメ『転スラ』の物語を追体験できます。

ゲームだけの魅力が盛りだくさん！

『転スラ』の物語を3DバトルRPGで体験！

アニメの物語をボイス付きで楽しめるRPGを配信中。オリジナルキャラも入り混じり、ゲームだけの展開も楽しめる。スライムの姿で町を移動しながら、仲間と親交を深めることもできるぞ！ ド派手な技を繰り出せる通常バトルに加え、敵を捕食する特殊バトルも用意。さまざまなイベントの開催やスペシャル衣装のキャラも多数登場し、『転スラ』を存分に堪能できる！

オリジナルキャラクターが登場！

イジス

鏡の魔女と呼ばれており、リムルを付け狙う。シンシャとも訳ありな関係で、鏡の特性に似たスキルを使う。

シンシャ

リムルの娘を名乗る謎の少女。ユニークスキル「大賢者」と捕食能力を持ち、多くのスキルを獲得している。

ディアブロ
伏瀬先生書き下ろしストーリーも楽しめるぞ！
ヴィオレ
インタビューを受けてあげるから、ボクの優しさに感謝しなよ。

ダウンロードはこちら

価格：ダウンロード無料・一部アイテム課金
配信プラットフォーム：App Store、Google Play
※一部非対応機種がございます。

転生したらスライムだった件 魔王と竜の建国譚

歴代フィギュアコレクション！

一番くじで登場した『転スラ』フィギュアを厳選収録！
どれも存在感抜群な上、中には貴重な衣装をまとったキャラも!?

リムルとミリムが仲良く並ぶ！

B賞 ミリム フィギュア

A賞 リムル フィギュア

一番くじ
転生したらスライムだった件
〜マブダチなのだ！〜
発売日：2019年4月27日(土)

人間の姿を手に入れたリムルが立体化！

一番くじ
転生したらスライムだった件
〜スライム生活、始まりました。〜
発売日：2018年12月22日(土)

A賞 リムル様 フィギュア

全種揃えたくなるカラフルリムル！

G賞 転生したらマスコットフィギュアだった件2019冬

一番くじ 転生したらスライムだった件
〜リムル様といっしょ〜 発売日：2019年12月14日(土)

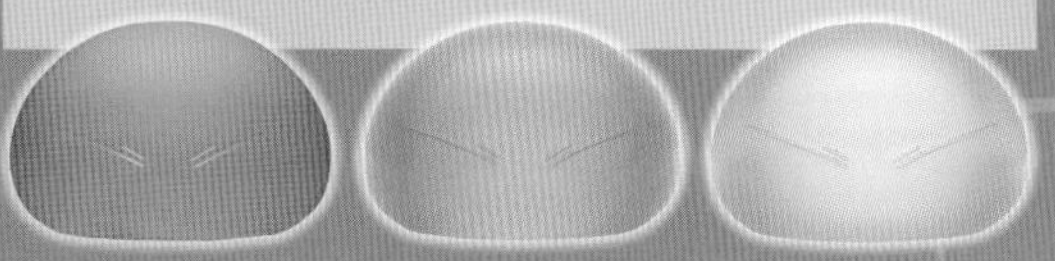

一番くじ
転生したらスライムだった件
〜リムル様の夏休み〜
発売日：2019年8月17日(土)

暑い日は水着に着替えて水遊び！

B賞 ミリムSummerフィギュア

A賞 リムルSummerフィギュア

B賞 応援リムルフィギュア

A賞 先生リムルフィギュア

リムルが教師&チアガール(!?)に！

一番くじ
転生したらスライムだった件
〜私立テンペスト学園！〜
発売日：2020年7月4日(土)

世界が震撼する新魔王の誕生！

無慈悲なるリムルと可愛さ満点のミリムが登場！

A賞 リムルフィギュア

C賞 神之怒《メギド》リムルフィギュア 自動戦闘状態《オートバトルモード》ver.

B賞 ミリムフィギュア

一番くじ 転生したらスライムだった件 ～Harvest Festival～

発売日：2021年1月9日(土)

神之怒《メギド》を放つ姿と凛々しい魔王姿！

B賞 魔王リムルフィギュア

A賞 神之怒《メギド》リムルフィギュア

一番くじ 転生したらスライムだった件 ～魔王覚醒編～

発売日：2020年10月17日(土)

和装も似合うリムルとディアブロ！

A賞 リムルフィギュア 着物ver.

B賞 ディアブロ フィギュア 着物ver.

一番くじ 転生したらスライムだった件 ～和魔国連邦！～

発売日：2021年5月29日(土)

魔王ギィついに登場 竜装ミリムのイスにも注目！

C賞 魔王ギィフィギュア

A賞 魔王リムルフィギュア

B賞 魔王ミリムフィギュア

一番くじ 転生したらスライムだった件 ～俺、魔王になったよ～

発売日：2021年8月28日(土)

カッコイイ悪魔姿とカワイイ天使姿のリムル降臨！

A賞 リムル フィギュア(悪魔風)

B賞 リムル フィギュア(天使風)

一番くじ 転生したら
スライムだった件
～投票ありがとう！
リムル様祭り編～
発売日：2022年6月18日(土)

クレイマンを喰らうリムル！ご機嫌なミリムたちにも注目!!

B賞 ミリム＆ラミリス フィギュア

C賞 悪魔ディアブロ フィギュア

A賞 暴食之王《ベルゼビュート》リムルフィギュア

一番くじ
転生したら
スライムだった件
魔王達の宴
～ワルプルギス～
発売日：2021年10月30日(土)

劇場版からヒイロ参戦！一番くじでもベニマルと再会!!

A賞 リムル＝テンペスト フィギュア

C賞 ヒイロ フィギュア

B賞 ベニマル フィギュア

一番くじ
劇場版 転生したら
スライムだった件
紅蓮の絆編
発売日：2022年12月2日(金)

ちょこのっこ
CHOKONOKKO
おまけ
コーナー

ミニキャラがいっぱい！ちょこのっこコレクション!!

デフォルメ姿がカワイイ「ちょこのっこ」シリーズ！　スライムリムルの表情が楽しめるのも面白い!!

リムルたちが可愛くお座り！

G賞 ちょこのっこフィギュア

一番くじ
転生したらスライムだった件
～俺、魔王になったよ～
発売日：2021年8月28日(土)

一番くじ
転生したらスライムだった件
私立テンペスト学園Ⅱ
発売日：2023年2月11日(土)

リムルの貴重な生徒姿！
ヒロイン感抜群のミリム&シュナが眩しい！

A賞 リムル＝テンペスト フィギュア
B賞 ミリム フィギュア
C賞 シュナ フィギュア

一番くじ
転生したら
スライムだった件
～覇気～
発売日：
2023年5月6日(土)

代行者「智慧之王《ラファエル》」と
魔王覇気を放つリムル！

A賞 智慧之王《ラファエル》 フィギュア

B賞 魔王リムル フィギュア

一番くじ
転生したらスライムだった件
テンペスト日和
発売日：2023年10月28日(土)

ランガのもふもふ枕と
リムルのぷるぷる枕でお昼寝！

A賞 リムルとランガ
フィギュア

B賞 ミリムとスライム
フィギュア

一番くじ
劇場版 転生したらスライムだった件
紅蓮の絆編
発売日：2022年12月2日(金)

ヒイロ&トワの絆は「ちょこのっこ」でも健在！

D賞 ちょこのっこフィギュア

シュナ&シオンが悪魔っ娘に！

E賞 ちょこのっこフィギュア

一番くじ
転生したらスライムだった件
～投票ありがとう！
リムル様祭り編～
発売日：2022年6月18日(土)

一番くじ
転生したらスライムだった件
魔王達の宴
～ワルプルギス～
発売日：2021年10月30日(土)

魔王達の宴《ワルプルギス》から最古の魔王
であるミリム&ギィが登場！

F賞 ちょこのっこフィギュア

休息時間《ヨフカシ》

リムルとシエル 後編

前編は66ページだ！

スキルを使いこなすのは超大変！

リムル　**シエルさん、この世界には伝説の武具みたいなものはないのか？**

シエル　《ありますが、人間たちの間で語り継がれる武具はユニーククランクのものがほとんどです》

リムル　**地下迷宮《ダンジョン》に挑戦している冒険者たちはレアランクの武具でも血相を変えてたもんな。それにしても、さすがクロベエが作った武具だな！　じゃあ最後の質問だけど世界の言葉って一体何なんだ？**

シエル　《言葉と言っていますが、実際は情報が頭の中に流れてくるイメージになります。能力《スキル》であれば漠然とどんな力なのか理解できるだけですので、自分の能力《スキル》を使いこなせない者も少なくありません》

リムル　**俺はシエルさんがいるから当たり前のように究極能力《アルティメットスキル》を使いこなせているわけか。**

シエル　《そのため、究極能力《アルティメットスキル》まで到達する者は理解力が優れています。当然、ユニークスキルより複雑な能力になるため、使いこなすには練習と実践が必要になります。例えばギィ・クリムゾンですが、彼の演算能力は他を圧倒するため、スキルを使いこなせているのでしょう》

リムル　**やっぱりギィはレベルが違うんだな……。ホント、戦うようなことにはなりたくないな。そんでもってシエルさん、これからも頼りにしてるぜ！**

シエル　《まかせてください主様《マスター》》

リムル　**いろいろ聞けて面白かったよ。結局ある筋ってのが謎だけど……。**

シエル　《……》

リムル　**はいはい、秘密なんだろ。わかったよ。じゃあ朝までのんびりくつろぐとするかな。**

シエル　《主様《マスター》、残念ですがもう朝です。シュナが起こしに来る時間かと》

リムル　**うそだろ!?　そんなに時間が経つほど話してないのに！**

シエル　《ある筋から得た情報を話すために、特殊な結界を張っていたためです。この結界内では外と時間の流れが異なる上、再使用まで時間がかかるという制限があります》

リムル　**一体どんな筋から仕入れたんだよ！　せっかくの癒しの時間がなくなったじゃないか……。まあいいや、今日はクロベエの作った武具でも見に行くかな！　シュナが作ったお菓子でも差し入れしよう！**

シエル　《それでは結界を解除します》

リムル　**またいつかあっちの世界について聞きたくなったら教えてくれよな、シエルさん。**

シエル　《再使用可能になったらお知らせします、主様《マスター》》

――そしていつものようにリムルの1日が始まる。

結局「ある筋」は何だったんだ？　くそ～！　気になる!!

Fin

メモリアルメッセージ

コミカライズを担当する漫画家やアニメキャスト、驚きの特別ゲストなど『転スラ』を愛する皆様からのお祝いイラスト＆メッセージが到着！ さぁ、祝宴の開幕だ!!

漫画『転生したらスライムだった件』
川上泰樹先生 Kawakami Taiki

PROFILE

「月刊少年シリウス」(講談社)にて漫画『転生したらスライムだった件』連載中。主な作品に漫画『まおゆう魔王勇者 外伝 まどろみの女魔法使い』(講談社)など。

Happy 10th anniversary
Regarding Reincarnated to Slime
川上泰樹

スピンオフ漫画『転生したらスライムだった件～魔物の国の歩き方～』

岡霧硝先生 Okagiri Sho

PROFILE

WEB雑誌「コミックライド」(マイクロマガジン社)にてスピンオフ『魔物の国の歩き方』連載中。主な作品に『だから僕は、Hができない。』(KADOKAWA)など。

祝
転スラ原作10周年
おめでとうございます!!!!

スピンオフ漫画『転生したらスライムだった件 異聞 ～魔国暮らしのトリニティ～』

戸野タエ先生 Tono Tae

PROFILE

「月刊少年シリウス」(講談社)にてスピンオフ『魔国暮らしのトリニティ』連載中。主な作品に漫画『よるのないくに２～日々花盛り～』(講談社)など。

スピンオフ漫画『転スラ日記 転生したらスライムだった件』

柴先生 Shiba

PROFILE

「月刊少年シリウス」(講談社)にてスピンオフ『転スラ日記』連載中。主な作品に『おおきなのっぽの、』(講談社)など。

転スラ
10周年
おめでとうございます!
10th ANNIVERSARY
SHIBA
2023

スピンオフ漫画『転ちゅら！ 転生したらスライムだった件』

茶々先生 Chacha

PROFILE

「月刊少年シリウス」（講談社）にてスピンオフ『転ちゅら！』を連載、2023年７月号で完結。

スピンオフ漫画『転生しても社畜だった件』

明地雫先生 Akechi Shizuku

PROFILE

「月刊少年シリウス」(講談社)にてスピンオフ『転生しても社畜だった件』を連載、2020年6月号で完結。

原作小説10周年記念おめでとうございます。
ますますの ご健勝をお祈りしております。
10th
あけちしずく
〜リムル社長ならびに社畜一同より〜

児童書版『転生したらスライムだった件』

もりよ先生 Moryo

PROFILE

『転生したらスライムだった件』児童書版（かなで文庫／マイクロマガジン社）にて装画・挿絵を担当。刊行中。

転スラ 10周年!!
おめでとう
ございます!
『児童書版・転スラ』
moryo.
10th Anniversary

スピンオフ漫画『転生したらスライムだった件 クレイマンREVENGE』

カジカ航先生

Kajika Wataru

PROFILE

「月刊少年シリウス」(講談社)にてスピンオフ『クレイマンREVENGE』連載中。

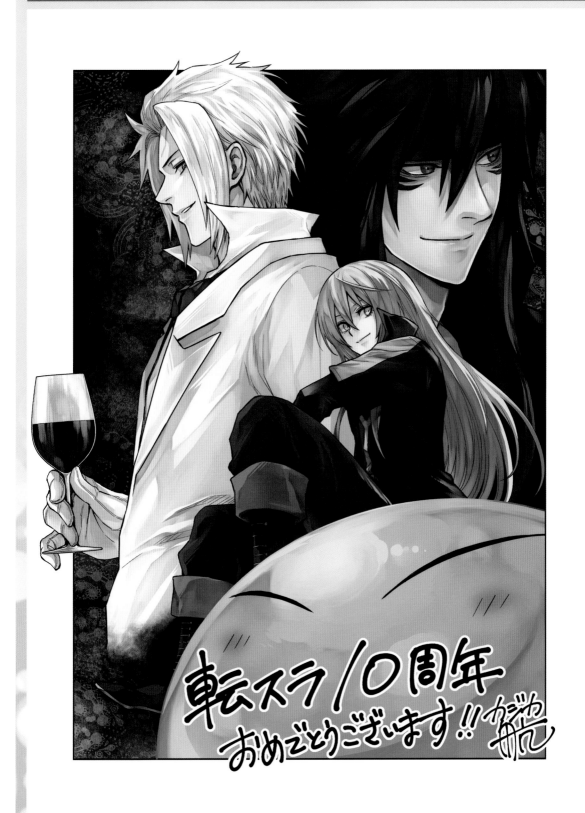

スピンオフ漫画『転生したらスライムだった件 美食伝～ペコとリムルの料理手帖～』

中谷チカ先生

Nakatani Chika

PROFILE

「月刊少年シリウス」(講談社)にてスピンオフ『美食伝～ペコとリムルの料理手帖～』連載中。主な作品に『劇団二十面相vs七色いんこ』(秋田書店)。

転スラ十周年
おめでとうございます!!
中谷チカ。

スピンオフ漫画『転生したらスライムだった件 番外編 とある休暇の過ごし方』

高田裕三先生 Takada Yuzo

PROFILE

「月刊少年シリウス」（講談社）にてスピンオフ『とある休暇の過ごし方』連載中。主な作品に『3×3EYES』（講談社）、『無号のシュネルギア』（講談社）など。

おめでとうございます
10th
anniversary
2023
高
YUZO

TVアニメ『転生したらスライムだった件』大賢者/智慧之王役
豊口めぐみ
Toyoguchi Megumi

PROFILE
主な出演作：『鋼の錬金術師』ウィンリィ・ロックベル役、『マクロスF』クラン・クラン役、『魔法科高校の劣等生』司波小百合役など。

転スラ誕生10周年
おめでとうございます～～！

智慧之王《ラファエル》に進化いたしましたが、ここにきて改めて、なんて難しい役をいただいたんだと思っております。

もしかしたら、今まで演じてきた役の中で1番かも⁉

進化して、さらに難易度が上がったように思っている昨今ですが、まだまだ長いお付きあいをしていけたらと思っております。

告、テンスラブ!!!!

TVアニメ『転生したらスライムだった件』リムル=テンペスト役
岡咲美保
Okasaki Miho

PROFILE
主な出演作：『Extreme Hearts』小鷹咲希役、『魔法使い黎明期』ロー・クリスタス役、『青春ブタ野郎はバニーガール先輩の夢を見ない』鹿野琴美役など。

転スラ誕生から10周年…！
本当におめでとうございます‼
アニメ転スラでリムルと出会って、
私の声優人生は色鮮やかになりました。
リムルのいない世界なんて考えられないです。
優しくてかっこいい彼が大好きです。
これからも微力ながらついていかせてください。
沢山の方に愛される転スラ。
あっちの世界でも絶対テンペストをあげて10周年をお祝いしていますね。
宴じゃーーー‼

TVアニメ『転生したらスライムだった件』ミリム・ナーヴァ役
日高里菜
Hidaka Rina

PROFILE
主な出演作：『トロピカル～ジュ！プリキュア』キュアラメール／ローラ役、『ソードアート・オンライン』シリカ役、『盾の勇者の成り上がり』フィーロ役など。

転スラ10周年おめでとうございます！

原作CMから作品に関わらせていただいていますが、ミリムに出会って素敵な経験をたくさんさせていただきました。

戦闘でのカッコいい姿や無邪気で可愛らしいところはもちろん、仲間想いで義理堅いところなど、大好きなところがいっぱいあります。

これからも転スラの輪が広がっていくことを、一ファンとしても楽しみにしています。

TVアニメ『転生したらスライムだった件』ヴェルドラ役
前野智昭
Maeno Tomoaki

PROFILE
主な出演作：『弱虫ペダル』福富寿一役、『骸骨騎士様、只今異世界へお出掛け中』アーク役、『聖者無双～サラリーマン、異世界で生き残るために歩む道～』グルガー役など。

転スラ10周年
おめでとうございます！
自由で、豪快で、単純で、
それでいて比類なき強さを誇る
ヴェルドラ。
その全てがとても愛おしいキャラクターです。
今後も彼と共にリムル達を支え、作品を盛り上げていければと思います！
これからもよろしく頼むぞ！
クワッーーーーーーハッハッハッ!!!

TVアニメ『転生したらスライムだった件』
シュナ役

千本木 彩花

Senbongi Sayaka

PROFILE

主な出演作：『甲鉄城のカバネリ』無名役、『BEASTARS』ハル役、『ダンジョン飯』マルシル役など。

転スラ10周年
おめでとうございます!!
シュナと歩み始めてから早5年。
いろんな世代の方がアニメを見てくださって、広がっていく転スラの世界と共に、シュナの可愛い部分も凛としたかっこいい部分も温かい優しさもたくさん見ることができました。これからもシュナとしてリムル様のそばで支え続けていけたら嬉しいです♡

TVアニメ『転生したらスライムだった件』
ベニマル役

古川 慎

Furukawa Makoto

PROFILE

主な出演作：『ワンパンマン』サイタマ役、『かぐや様は告らせたい～天才たちの恋愛頭脳戦～』白銀御行役、『機動戦士ガンダム 水星の魔女』シャディク・ゼネリ役など。

10周年、おめでとうございます。
先生の書かれた原作の面白さ。それを多くのファンが楽しんで、新しい波を呼んで…。その連なりの中で、ベニマルとして関わらせて頂き、大変感謝しております。
年月が経つにつれて、リムル一行の家族のような絆が作中で深まっていくように、僕自身も声を吹き込む度にベニマルの事を好きになっていきました。
彼の“頼れる配下”としての一面と、やる時はやる兄貴分的な一面、鬼人一族とのガヤガヤ感、あとはヤンチャ感の抜けない感じ、良いですよね。大好きです。
今後もかげに日向にリムル様を支え続ける姿を表現できるよう、頑張って参ります。
よろしくお願いします！

TVアニメ『転生したらスライムだった件』
ソウエイ役

江口拓也

Eguchi Takuya

PROFILE

主な出演作：『SPY×FAMILY』ロイド・フォージャー役、『やはり俺の青春ラブコメはまちがっている。』比企谷八幡役、『俺物語!!』剛田猛男役など。

転スラ10周年
おめでとうございます！
ソウエイは無口で頼れる技術者という感じで、無言実行タイプなところに憧れます。
彼のクールな面とうちに秘めてる熱い面、そしてたまに面白いことをしようと思ってないのに面白くなっちゃう部分も含めて、これからも大切に演じていきたいと思っております。

TVアニメ『転生したらスライムだった件』
シオン役

M・A・O

マオ

PROFILE

主な出演作：『炎炎ノ消防隊』アイリス役、『うちの師匠はしっぽがない』まめだ役、『デキる猫は今日も憂鬱』仁科理央役など。

『転生したらスライムだった件』の記念すべき10周年、
本当におめでとうございます！
改めまして、シオン役として作品に携わらせていただきありがとうございます。
これからもリムル様の秘書兼護衛役として、情熱的で格好良く、時にお茶目で可愛らしいシオンさんを演じさせていただきたいです!!

TVアニメ『転生したらスライムだった件』
クロベエ役

柳田淳一

Yanagita Junichi

PROFILE

主な出演作：『number24』上丘伊吹役、
『禍つヴァールハイト -ZUERST-』ベンジャミン役など。

「転生したらスライムだった件」

10周年おめでとうございます！

早いもので、僕がクロベエを演じさせていただいてからはもう5年になるんですね。

クロベエの、鬼人族でありながら戦いより鍛冶の腕が立つところ、いつも優しい笑顔で仲間思いなところが大好きです！

演じている僕もいつも癒されています。

「転スラ」がこの先もたくさんワクワクさせてくれることを、オラも楽しみにしてるだよー！

TVアニメ『転生したらスライムだった件』
ハクロウ役

大塚芳忠

Otsuka Hochu

PROFILE

主な出演作：『NARUTO-ナルト-』シリーズ
自来也役、『範馬刃牙』ビスケット・オリバ役、『ゴールデンカムイ』鶴見中尉役など。

「転生したらスライムだった件」

10周年おめでとうございます。


本作品に参加させて頂いていることに誇らしい気持ちでいっぱいでございます。

転スラワールドの更なる大躍進、楽しみでなりません。


ハクロウは最強の剣士でありながら、盆栽が趣味という私的にはちょっとほっこりするキャラクターでもあります。そんな魅力的なハクロウを皆様にお伝えできるよう、これからも精一杯演じさせて頂きます。

宜しくお願い致します！

TVアニメ『転生したらスライムだった件』
ガビル役

福島 潤

Fukushima Jun

PROFILE

主な出演作：『この素晴らしい世界に祝福を！』カズマ役、
『弱虫ペダル』鳴子章吉役など。

転スラ10周年ですとー⁉
これは盛大な祭りを
催さねばなりませぬな‼
伏瀬先生、おめでとうございます♪♪
ガビル役.福島潤です
いつも元気で 仲間思い
かっこ可愛い
ポンコツガビルが
大好きです
我輩、一生ついていきますぞーー！

TVアニメ『転生したらスライムだった件』
ゴブタ役

泊 明日菜

Tomari Asuna

PROFILE

主な出演作：『バズドラ』明石タイガ役、
『ダンジョン飯』チルチャック役など。

転スラ10周年
おめでとうございます！
たくさんの人に長く愛される作品に関わらせていただき、本当に嬉しい限りです。
これからも転スラのみんなで世界中を楽しさの嵐に巻き込んじゃいましょうー！
オイラも頑張るっすよーー！

TVアニメ『転生したらスライムだった件』
ゲルド役

山口太郎

Yamaguchi Taro

PROFILE

主な出演作：『攻殻機動隊』シリーズ ボーマ役、
『BLEACH』シリーズ 雀部長次郎役など。

10周年！

心よりお祝いを申し上げます!!!

ゲルドとも出会ってもう10年か…。

最初は台本上「オークジェネラルE」となっていた彼。今を生きているという事に感謝を捧げる彼は、余計な事は喋らず寡黙に任務を執行する事で、少しでも恩を返そうとしています。

彼のそんな思いが声優泣かせではありますが（笑）、私は大好きです。

これからも頑張っていこうね！

TVアニメ『転生したらスライムだった件』
ランガ役

小林親弘

Kobayashi Chikahiro

PROFILE

主な出演作：『ゴールデンカムイ』杉元佐一役、
『贄姫と獣の王』ヨルムンガンド役など。

転スラ10周年
おめでとうございます!!

作品がこれだけ長く愛されるのは本当に嬉しいですしみてくださる方にとても感謝をしております。

どこかでランガも10周年ありがとうの遠吠えをしていると思います。

20年、30年とこの作品が愛され続けますよう！

アニメも引き続きよろしくお願い致しますね！

TVアニメ『転生したらスライムだった件』
リグル役

石谷春貴

Ishiya Haruki

PROFILE

主な出演作：『白聖女と黒牧師』アベル役、『通常攻撃が全体攻撃で二回攻撃のお母さんは好きですか？』大好真人役など。

『転生したらスライムだった件』

10周年、おめでとうございます！

個人的にWeb小説で連載していた時から楽しませていただいていた作品でして、こうしてリグル役として参加できたことはすごく光栄なことでした。

リムル様を中心としたテンペストの皆、そしてこれからも続く転スラワールド、お楽しみに！

僕も1ファンとして、この作品に関わる1人としても楽しみにしております！

TVアニメ『転生したらスライムだった件』
リグルド役

山本兼平

Yamamoto Kanehira

PROFILE

主な出演作：『ハイキュー!!』直井学役、
『Dr.STONE』ヤコフ・ニキーチン役など。

転スラ10周年！　すごい！

本当におめでとうございます！

転スラでリグルドというキャラクターに出会えたおかげで、これまで沢山の新しい経験や楽しい経験をさせてもらって、本当に感謝しています。

リグルドは全てを受け入れる度量の大きいキャラクターですが、僕が演技に迷ったりしても「大丈夫！　お任せくだされ！」と、リグルドに励まされている気分になる事があります。ありがとうリグルド。

これからもよろしく。

TVアニメ『転生したらスライムだった件』
トレイニー役

田中理恵

Tanaka Rie

PROFILE

主な出演作：『機動戦士ガンダムSEED』ラクス・クライン役、『無職転生～異世界行ったら本気出す～』エリナリーゼ・ドラゴンロード役など。

転生したらスライムだった件、
10周年‼　おめでとうございます！
ジュラの森に住む樹妖精のトレイニーを演じさせて頂き、とても光栄です！　強くて美しいトレイニーさんが、実はポテトチップスが大好きというギャップがとても好きです。
トレイニーさんをこれからも素敵に演じられる様に頑張ります！
転生したらスライムだった件、これからも末長く続いていきます様に！

TVアニメ『転生したらスライムだった件』
ソーカ役

大久保 瑠美

Okubo Rumi

PROFILE

主な出演作：『無能なナナ』柊ナナ役、『【推しの子】』MEMちょ役など。

転スラ誕生10周年
おめでとうございます！
ソーカは普段は冷静でしっかり者ですが、ソウエイ様に憧れて乙女な部分が見えたり、兄上に呆れて思いっきり怒ったり、色々な表情を見せてくれて、彼女を演じる役者としても可愛くて嬉しい限りです。
もちろん、感謝と忠誠を誓うリムル様のために働く姿も強くて美しい！
これからも末永くソーカと一緒に、
転スラの世界を歩んでいけたらと思います。

TVアニメ『転生したらスライムだった件』
ディアブロ役

櫻井孝宏

Sakurai Takahiro

PROFILE

主な出演作：『コードギアス 反逆のルルーシュ』枢木スザク役、『呪術廻戦』夏油傑役など。

転生したらスライムだった件、
10周年おめでとうございます。
あの弱かったスライムがまさかこんな強いモンスターになるなんて想像できませんでした。
小さな雫だったのに今や海サイズです。
これからもディアブロとして末長くリムル様をサポートしてまいりたいと思います、クフフフフ。

TVアニメ『転生したらスライムだった件』
シズ役

花守ゆみり

Hanamori Yumiri

PROFILE

主な出演作：『ゼロから始める魔法の書』ゼロ役、『地獄楽』山田浅ェ門佐切役など。

転スラ誕生10周年
おめでとうございます！
シズさんは定められた運命の関係上、自分が関わらせていただける時間はきっとそんなに長くはないのだろうな、とアニメのオーディションの時から思っていたのですが、気が付けば彼女を演じさせて頂いて5年の月日が流れていました。
時の流れは早いですね！

これからも全てを包み込む、海のようなシズさんと一緒にスライムさんを応援しております。
がんばれ！スライムさん！

TVアニメ『転生したらスライムだった件』
第1期 第1クール&
第2クール OPテーマ、
第2期 第2部 EDテーマ担当

三上悟役

寺島拓篤

Terashima Takuma

PROFILE
TVアニメ『創聖のアクエリオン』アポロ役で声優デビュー。多くの人気アニメ作品に出演している。『転スラ』では三上悟役を担当。歌手活動では圧倒的歌唱力でファンを魅了。

TVアニメ『転生したらスライムだった件』
第1期 第1クール EDテーマ、
第2期 第1部 OPテーマ担当
劇場版挿入歌担当

TRUE

トゥルー

PROFILE
数多くのアニメ主題歌を担当しているアニソンシンガー。『転スラ』では主題歌をはじめ、挿入歌も数多く担当。また、唐沢美帆の名義で作詞家としても活動。

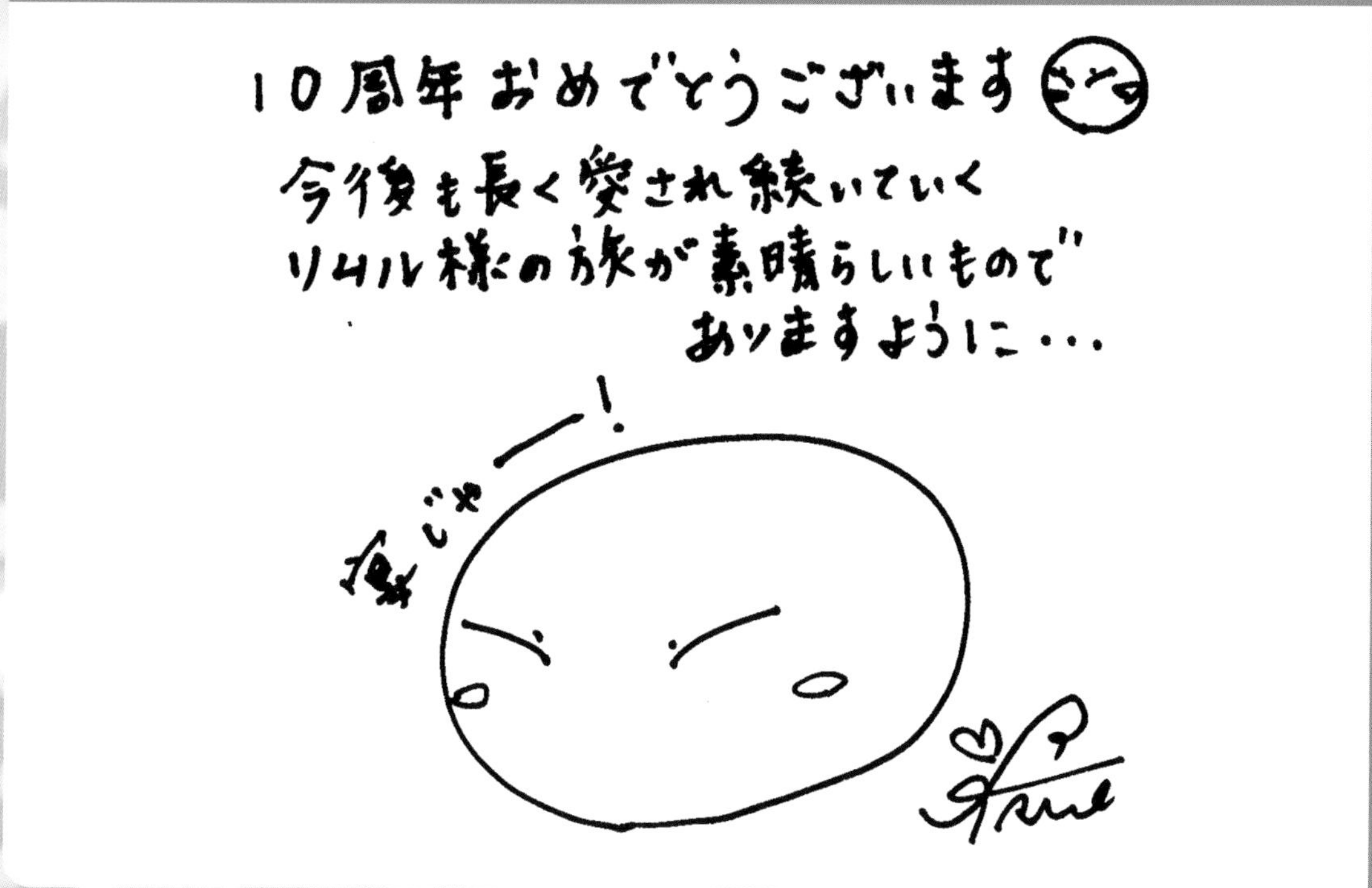

TVアニメ『転生したらスライムだった件』 クロエ役

第1期 第2クール
EDテーマ担当

田所あずさ

Tadokoro Azusa

PROFILE

アプリゲーム『ウマ娘 プリティダービー』シンボリルドルフ役やTVアニメ『半妖の夜叉姫』もろは役などを演じる人気声優。『転スラ』ではクロエ役を担当。歌手としても活動中。

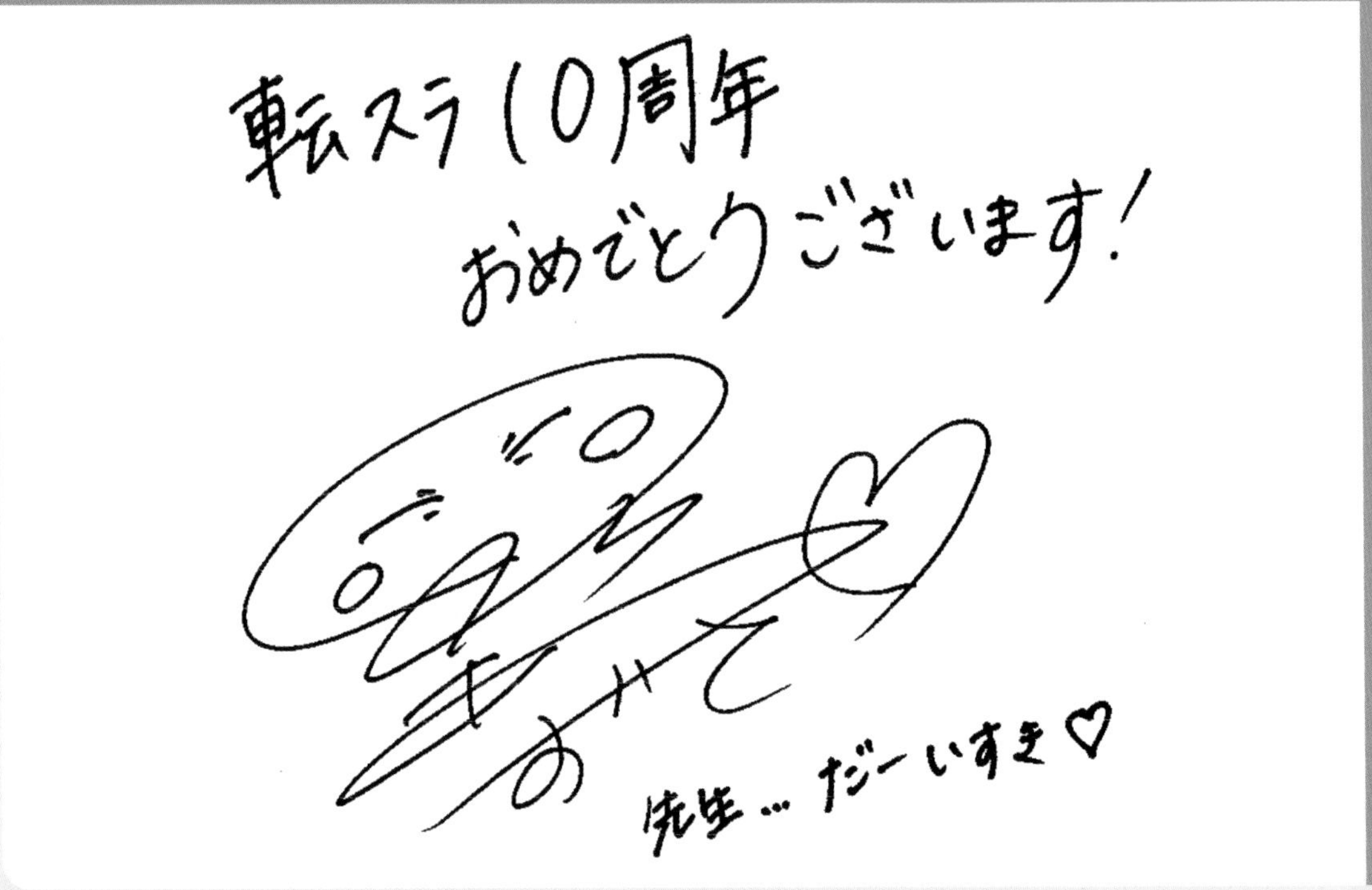
転スラ10周年
おめでとうございます!
先生…だーいすき♡

TVアニメ『転生したらスライムだった件』

第2期 第1部
EDテーマ担当
劇場版挿入歌担当

STEREO DIVE FOUNDATION

ステレオ・ダイブ・ファンデーション

PROFILE

アニメをはじめ様々なコンテンツで楽曲制作をするR・O・Nによるサウンドメイキングプロジェクト。『転スラ』では主題歌の歌唱以外に楽曲提供も行っている。

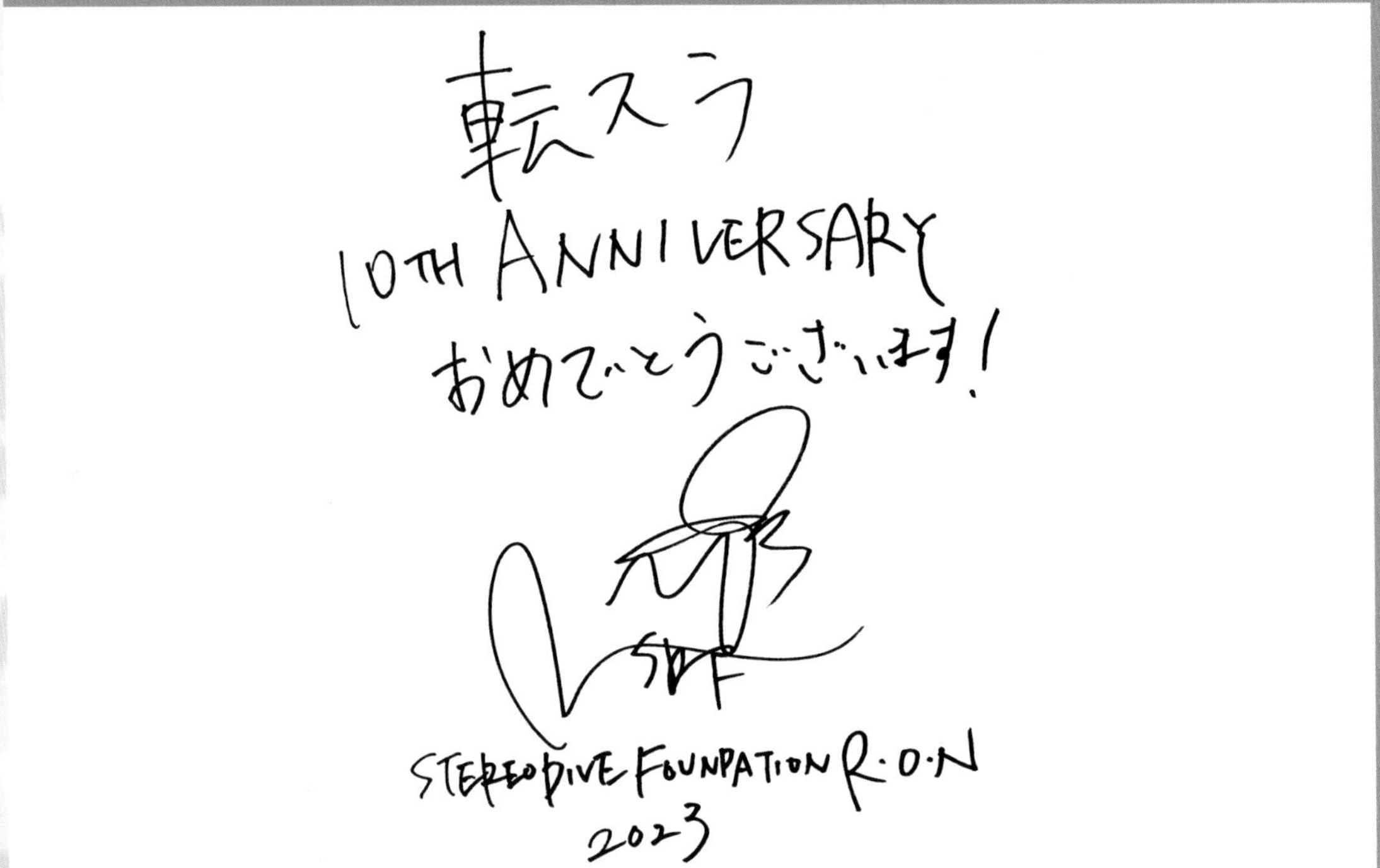
転スラ
10TH ANNIVERSARY
おめでとうございます!
SDF
STEREO DIVE FOUNDATION R・O・N
2023

TVアニメ『転生したらスライムだった件』
第2期 第2部
OPテーマ担当

MindaRyn

マイダリン

PROFILE

タイ出身のアニソンシンガー。アニソンカバーを中心とした動画配信で世界中から注目を集め、2020年11月にTVアニメ『神達に拾われた男』のEDテーマを担当し、デビュー。

TVアニメ『転スラ日記』
OPテーマ担当

エレン役

熊田茜音

Kumada Akane

PROFILE

声優アーティストオーディション『ANISONG STARS』でグランプリを受賞し、TVアニメ『プラネット・ウィズ』で声優デビュー。『転スラ』ではエレン役を担当。歌手としても活動中。

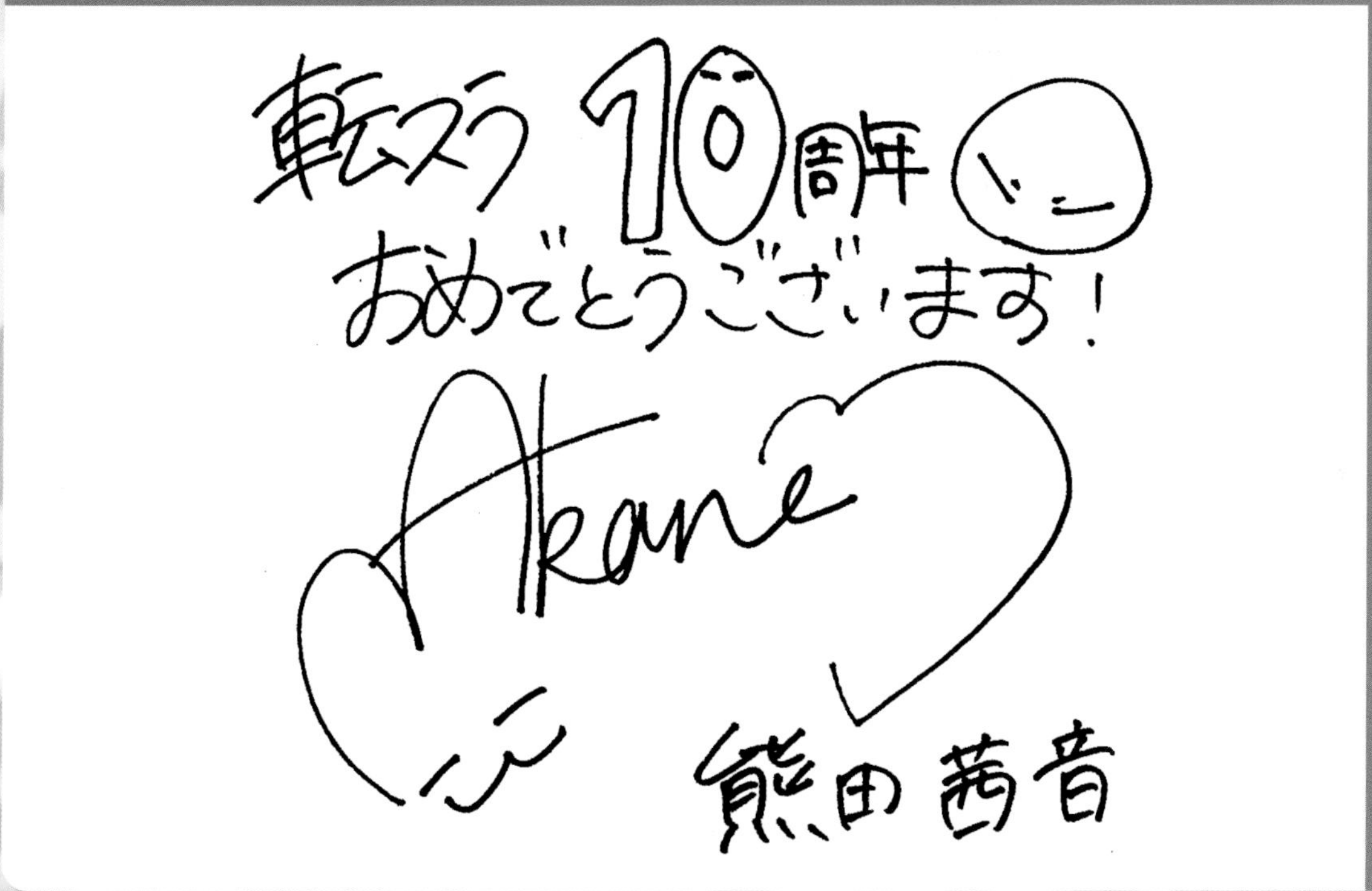

TVアニメ『転生したらスライムだった件』
第1期 監督

菊地康仁

Kikuchi Yasuhito

PROFILE

監督としてTVアニメ『転生したらスライムだった件』第1期、『劇場版 転生したらスライムだった件 紅蓮の絆編』など。

転スラ10周年
おめでとう
ございます
菊地

TVアニメ『転生したらスライムだった件』
第2期 監督

中山敦史

Nakayama Atsushi

PROFILE

TVアニメ『転生したらスライムだった件』第1期では副監督、TVアニメ『転生したらスライムだった件』第2期、最新作『転生したらスライムだった件 コリウスの夢』では監督を務める。

祝!
10周年おめでとうございます
中山

TVアニメ『転生したらスライムだった件』

アニメーション制作統括

小菅秀徳 Kosuge Hidenori

PROFILE

アニメーション制作統括としてTVアニメ『転生したらスライムだった件』シリーズの立ち上げから関わる。

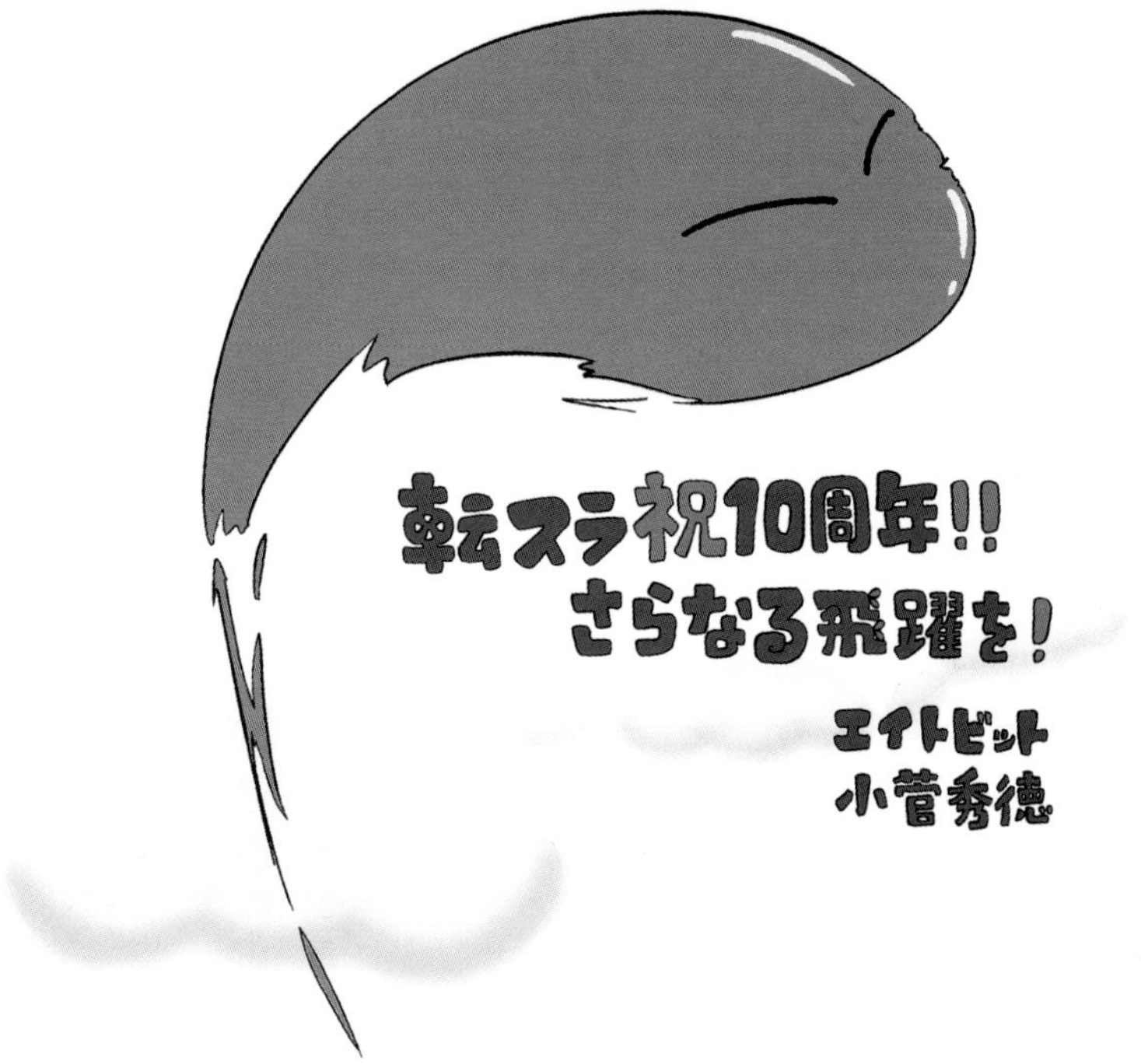

TVアニメ『転生したらスライムだった件』

モニターグラフィックス

生原雄次 Haibara Yuji

PROFILE

TVアニメ『転生したらスライムだった件』第1期&第2期では、多くのスキルや大賢者・智慧之王《ラファエル》のグラフィックを制作。TVアニメ『転スラ日記』では監督を務める。

原作小説 WEB 投稿から 10 周年おめでとうございます！
転スラでは大賢者、智慧之王のアニメ版のビジュアルを担当させていただいたり、転スラ日記では監督をさせていただいたり、とても思い入れのある大好きな作品です。
優しく明るく、適度に部下からもいじられる、そんなリムルのような素敵な大人になりたいです。

TVアニメ『転生したらスライムだった件』

キャラクターデザイン

江畑諒真

Ebata Ryoma

PROFILE

TVアニメ『転生したらスライムだった件』第1期＆第2期、『劇場版 転生したらスライムだった件 紅蓮の絆編』、最新作『転生したらスライムだった件 コリウスの夢』のキャラクターデザインを務める。

舞台『転生したらスライムだった件』
脚本・演出

伊勢直弘

Ise Naohiro

PROFILE ダンデライオン所属。舞台『東京リベンジャーズ』、舞台『ブルーロック』など多くの舞台脚本・演出を担当している。また、イベントMCや俳優などマルチに活躍中。

昔、大先輩に言われたこと。
「10年続けば才能だ。10年続けば何かが変わる」
そんな言葉を闇雲に信じてもがいて進んだ10年目、
大きなチャンスに恵まれた経験があります。

10周年記念。
その響きだけでさらに盛り上がっていくんだなと、
あの頃のように闇雲に信じ、1ファンとしても、これからが
めちゃくちゃ楽しみです。
10周年おめでとうございます！

舞台『転生したらスライムだった件』
リムル=テンペスト役

尾木波菜(≠ME)

Ogi Hana

PROFILE 指原莉乃がプロデュースするアイドルグループ「≠ME」のメンバー。2023年に舞台「転生したらスライムだった件」で主演を務めた。≠ME 8枚目のシングルが2023年12月20日に発売予定。

10周年おめでとうございます！
どんな時も転スラの世界は温かくてどんな人も受け入れてくれる。そんな素敵な作品、キャラクター達。学生時代から大好きな作品の舞台化で主演をつとめさせて頂き、今こうした形で関わらせて頂けている事が本当に嬉しく光栄です。
これからも絶対に沢山の方に愛され続ける『転生したらスライムだった件』私も一緒に愛させてください！　大好きです！

舞台『転生したらスライムだった件』
ベニマル役

仲田博喜

Nakada Hiroki

PROFILE フリーとして活動。ミュージカル、舞台、モデルなど幅広く活躍。ミュージカル『刀剣乱舞』シリーズ明石国行役、舞台『オブリビオの翼』黒鷺拓心役など多数出演。

『転生したらスライムだった件』10周年おめでとうございます。
転スラ舞台の出演をきっかけに、転スラの魅力をこれまで以上に知ることが出来ました。
この作品に出会えたことに感謝です。
これからも転スラの魅力が沢山の方に届きますように。
改めまして、転スラ10周年本当におめでとうございます。

舞台『転生したらスライムだった件』

シュナ役 **篠崎彩奈（AKB48）** Shinozaki Ayana

PROFILE

OMG所属。「AKB48」チームBメンバーとして活動する中、舞台『正義ノ嘘人』清川ヒカリ役、舞台『レイザーマーガレット～エピソード0～』汐魅レイラ役など女優としても活躍している。

『転生したらスライムだった件』
10周年おめでとうございます！
こんなにも長く愛されている作品に
舞台でシュナ役として携われたこと
私にとってとても素敵な経験になりました。
これからもたくさんの方に転スラの魅力が伝わりますように。
改めておめでとうございます。

舞台『転生したらスライムだった件』

シオン役 **吉川 友** Kikkawa You

PROFILE

YU-Mエンターテインメント所属。「ハロー！プロジェクト」の研修過程を経て、2011年「きっかけはYOU！」でソロデビュー。舞台『遙かなる時空の中で3』春日望美役ほか、女優・歌手として活躍中。


『転生したらスライムだった件』

10周年おめでとうございます！

舞台版でシオン役を務めさせていただきました吉川友です！

長年愛され続けてきた作品に参加でき、こうして記念すべき10周年をお祝いすることができてとても光栄です！

これからも末永く、みんなから愛される作品になってください」

応援してます！

舞台『転生したらスライムだった件』

ガビル役 **松田 岳** Matsuda Gaku

PROFILE

ブルーシャトル所属。TVドラマ『仮面ライダー鎧武/ガイム』ザック／仮面ライダーナックル役、舞台『ゼロ』トキコウヘイ役など、多くのドラマや舞台に出演している。

転生したら
スライムだった件
10周年
おめでとうございます!!

我が名は
ガビル!!
ガビル様
最高ー!!

舞台『転生したらスライムだった件』

ゲルド役 **宮下雄也** Miyashita Yuya

PROFILE

吉本興業所属の男性グループ「RUN&GUN」メンバー。TVアニメ『遊☆戯☆王5D's』不動遊星役を演じており、現在は舞台を中心に活動している。


暑い時期に熱い期間の公演でした。

ゲルドの『全ての飢えを引き受けてみせる』その覚悟がカッコ良くて今思い出しても胸が熱くなります。

演じていて毎公演刺激と学びがありました。

リグルドは兼ね役で演じましたが、違う世界線のリグルドとして演じさせて頂きました。

何度読んでもワクワクさせてくれる作品に携われた事がとても嬉しいです。

改めて、10周年おめでとうございます。

舞台『転生したらスライムだった件』

ゴブタ役 杉咲真広 Sugisaki Mahiro

PROFILE

青年座映画放送所属。舞台『K-RETURN OF KINGS-』伊佐那社役、舞台『なめ猫 on STAGE』井草道也役など多数出演。メンズボーカル&ダンスユニット「りじぇね？」としても活動中。

転スラ10周年おめでとうございます！ 10周年という節目に舞台があり、ゴブタを演じられた事が本当に光栄でした。大好きだった作品の世界に飛び込めて本当に嬉しかったです！　転スラの世界に更に飛び込めるように僕自身も精進して参ります！　改めて転スラ10周年おめでとうございます‼

舞台『転生したらスライムだった件』

シズ役 七木奏音 Nanaki Kanon

PROFILE

スターダストプロモーション所属。体内活劇『はたらく細胞』赤血球役、舞台『炎炎ノ消防隊-五つ目の柱-』因果春日谷役など多くの舞台に出演、俳優や声優としても活躍中。

転スラ誕生10周年、おめでとうございます。大切な年に舞台での転スラにシズさんとして、この異世界を冒険できたことがとても幸せでしたし、作品を通してわたし自身も元気をもらった日々でした。長く沢山の方に愛されている転スラを、スライムさん達をこれからも応援しております。

舞台『転生したらスライムだった件』

ハクロウ役 萩野 崇 Hagino Takashi

PROFILE

長良プロダクション所属の後、フリーとして活動。TVドラマ『超光戦士シャンゼリオン』涼村暁／シャンゼリオン役、TVドラマ『仮面ライダー龍騎』朝倉威／仮面ライダー王蛇役など多数出演する。

転生したらスライムだった件
10周年おめでとうございます！

舞台版でハクロウを演じさせて頂きました
萩野崇です。

大阪公演の際、終演後に
原作の伏瀬さんやみっつばーさん方、転スラを創り上げたスタッフの方々とお会いさせて頂き舞台版として楽しんで下さったご感想を貰い心から感謝致しました。

皆様が創り上げ沢山の方々に愛されている『転スラ』という作品に関われた事とても幸せに感じております。

今後の展開も楽しみにしております！

舞台『転生したらスライムだった件』

ソウエイ役 北村 諒 Kitamura Ryo

PROFILE

ジャパン・ミュージックエンターテインメント所属。TVドラマ『仮面ライダーギーツ』ニラム／仮面ライダーゲイザー役、舞台『弱虫ペダル』東堂尽八役など活躍中。

10周年おめでとうございます！
スライムの安心感と、物語の疾走感が素晴らしくて、とても楽しく読ませていただいています。
舞台でソウエイを通してこの世界に触れることができて、夢のような時間でした。
これからも、ワクワクする物語を楽しみにしています‼

GCノベルズレーベルメイト
ライトノベル作家

りゅうせんひろつぐ先生

Ryusen Hirotsugu

PROFILE

GCノベルズにて『賢者の弟子を名乗る賢者』①～⑲を刊行。同作はTVアニメ化もされ2022年１月より放送、転スラとのコラボビジュアルも話題になった。

十周年、おめでとうございます！

十年って凄いですよね。なんだかもう気づけば色々と変わっています。

webから始まり、書籍、コミック、アニメ、そして映画。

更には各コラボやゲームまで。

十年を駆け抜けるのみならず、駆け上がっていったその姿に感服です！

次から次へと広がっていく転スラワールド。

今後も、その御活躍を楽しませていただきます！

GCノベルズレーベルメイト
ライトノベル作家

棚架ユウ先生

Tanaka Yu

PROFILE

GCノベルズにて『転生したら剣でした』①～⑯を刊行。同作はTVアニメ化もされ2022年10月より放送。既刊に『出遅れテイマーのその日暮らし』①～⑪（GCノベルズ）がある。


転生したらスライムだった件、10周年！

おめでとうございます！


どのキャラも魅力的ですが、ディアブロさんが特に好きです。

私の中では、有能系青年執事と言えばこの方なんですよね。

「やべ、ディアブロさんみたいになっちまった！」となることが多いので、執事キャラはしばらく書いてません。


10年たっても色あせず、それどころかますます人気は加速していますよね。

今後も様々な展開があり、世界はさらに広がっていくのでしょう。

一ファンとして楽しみにしております。

GCノベルズレーベルメイト
ライトノベル作家

ぶんころり先生

Buncololi

PROFILE

GCノベルズにて『田中～年齢イコール彼女いない歴の魔法使い～』①～⑭を刊行。既刊にTVアニメ化が決定した『佐々木とピーちゃん』（MF文庫Ｊ）などがある。

『転生したらスライムだった件』
10周年おめでとうございます！
転スラ先輩におかれましては、新文芸というジャンルを切り開いたと称しても過言ではない作品かと存じます。その圧倒的な功績は今後どれだけ時間が経っても、この国のエンタメ史に名前を刻み続けることでしょう。
そして、これからも伏瀬先生の書かれる作品を楽しむことができましたらと、益々のご活躍を願わずにはいられません！

GCノベルズレーベルメイト
ライトノベル作家

ブロッコリーライオン先生

Broccoli Lion

PROFILE

GCノベルズにて『聖者無双～サラリーマン、異世界で生き残るために歩む道～』①～⑩を刊行。同作はTVアニメ化もされ2023年7月より放送。

伏瀬先生、転スラ十周年おめでとうございます。
リルムをはじめとした魅力的で個性的なキャラクター達が壮大で濃密になっていく物語を自ら紡いでいるかのような構成展開に、いつも感銘を受け敬服しております。
最推しのゴブタ君がいつか魔王になることを期待しています。
機会がありましたら、担当のＩ氏を含めて一緒に物体Ｘで乾杯しましょう。

GCノベルズレーベルメイト
ライトノベル作家

白石新先生

Shiraishi Arata

PROFILE

GCノベルズにて『村人ですが何か？』①～⑦を刊行。既刊に『けもの使いの転生聖女』①～③（GCノベルズ）、『レベル１から始まる召喚無双』①～③（GCN文庫）ほか多数。


書籍化前にネットで転スラを読んで「とんでもない作品が出てきたな」と思ったのを覚えています。

そこからの超快進撃は皆さまご存じのとおりですね。

転スラが切り開き、転スラが盛り上げてきた異世界系ジャンルの末端で生きる者として、出版史に残る偉大な作品を生み出した伏瀬先生に最大限の敬意と感謝の意を表します。


10周年おめでとうございます！

GCノベルズレーベルメイト
ライトノベル作家

三嶋与夢先生

Mishima Yomu

PROFILE

GCノベルズにて『乙女ゲー世界はモブに厳しい世界です』①～⑫を刊行。同作はTVアニメ化もされ2022年４月より放送。スピンオフ作品も数多く展開されている。

転スラ誕生10周年おめでとうございます‼

この10年で、小説家になろう、から数多くの作品が出版されてきました。

その中でも転スラは、人気と実力から代表作であると勝手に思っております。

10周年という節目を迎えたばかりではありますが、今後もなろう発の作品を牽引して頂きたいですね。

今後も応援しております‼

GCノベルズレーベルメイト ライトノベル作家 槻影先生 Tsukikage

PROFILE

GCノベルズにて『嘆きの亡霊は引退したい～最弱ハンターによる最強パーティ育成術～』①～⑩を刊行。同作のコミカライズはComic Walkerで連載中。

転スラ生誕10周年おめでとうございます！
初めて転スラを拝読した時に受けた衝撃、どんどん強くなっていくリムルと広がっていく世界にわくわくしたあの時の気持ちを今もありありと思い出せます。
転スラ最高！
これからもずっとわくわくさせてください！

GCノベルズレーベルメイト ライトノベル作家 一色一凛先生 Isshiki Ichika

PROFILE

GCノベルズにて『暴食のベルセルク～俺だけレベルという概念を突破する～』①～⑧を刊行。同作はTVアニメ化もされ2023年10月より放送。コミックライドにてコミカライズ連載中。


転スラ10周年記念、誠におめでとうございます。

リムルがどんどん強くなっていく所や、配下の仲間が増えてテンペスト国が発展していく姿にワクワク感があって素晴らしい作品だと思います。それは作品内に留まらず、沢山のメディアミックスに飛び出して、世界中で愛されているのは圧巻です！

ますますのテンペスト国のご発展を心よりお祈りいたします。

GCノベルズレーベルメイト ライトノベル作家 樋辻臥命先生 Hitsuji Gamei

PROFILE

GCノベルズにて『失格から始める成り上がり魔導師道！』①～⑥を刊行。同作のコミカライズはコミックライドにて連載中。既刊に『放課後の迷宮冒険者』①～③(GCN文庫)などがある。

転生したらスライムだった件、
生誕10周年おめでとうございます！
10年とはもう長いものですね！　すごい！
可愛いリムルやその仲間たちがこれからもドンドン活躍して、沢山の読者様、アニメ視聴者様たちを魅了していってくれることをお祈り申し上げます！

GCノベルズレーベルメイト
ライトノベル作家

アロハ座長先生

Aloha Zachou

PROFILE

GCノベルズにて『魔力チートな魔女になりました』①～⑧を刊行。同作のコミカライズはガンガンONLINEにて連載中。既刊に『Only Sense Online』（ファンタジア文庫）がある。

転スラ10周年おめでとうございます。

Web版から追い、コミックをいつも楽しみにしております。

一匹のスライムが徐々に強くなり、仲間を集めて共に成長し、町を発展させる。

その中で生まれる個性豊かなキャラたちと激しいバトルシーンなど、短い時間では語り尽くせないほど魅力が詰まった作品です。

これからも転スラを応援しております。

GCノベルズレーベルメイト
ライトノベル作家

ジャジャ丸先生

Jajamaru

PROFILE

GCノベルズにて『史上最強の大賢者、転生先がぬいぐるみでも最強でした』①～③を刊行。同作のコミカライズはコミックライドにて連載中。既刊に『レベル1の最強テイマー』（カドカワBOOKS）などがある。


10周年おめでとうございます!!!

転スラに憧れて筆を執り、転スラに憧れてGCノベルズにやって来た私にとって、この作品はまさに人生の道標にして何としても乗り越えたい最高の作品です。

語りたいことが多すぎて文字数があまりにも足りませんが、これからも心躍る物語を一読者として楽しみにしております!!　転スラ最高ぉーーー!!!!

ゲームデザイナー

堀井雄二先生

Horii Yuji

PROFILE

代表作に『ポートピア連続殺人事件』、『ドラゴンクエスト』シリーズなど。1986年にファミリーコンピュータ用ソフト『ドラゴンクエスト』を発表。

転スラ10周年
おめでとうございます!!
2023年
吉日
Yuji
Horii

『転生したらスライムだった件』
10周年、おめでとうございます。
転スラ、ボクも見てましたよ。
スライムなのに、最初からチート並みの強さで
見ていて、とても爽快感がありました。
今後の益々の活躍に期待していますね。
ドラゴンクエストゲームデザイナー　堀井雄二

プレミアムギャラリー

『転スラ展』のフォトや驚きのコラボレーションの数々を厳選収録。圧倒的コンテンツ力の秘密は「スライム」にあった!?

我らがリムルの傑作イラストも必見だ!!

観光案内所

⬆魔国連邦《テンペスト》の成り立ちや文化、技術などを知ることができるエリア。

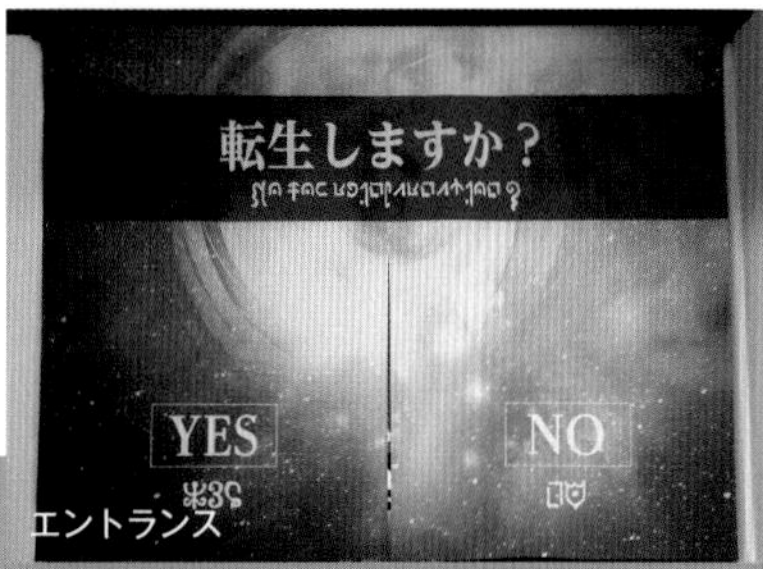

エントランス

⬅異世界旅行をコンセプトとして、大賢者ボイスが出迎えてくれる。

迎賓館

⬅魔国連邦《テンペスト》に暮らすキャラたちを紹介する迎賓館エリア。

転生したらスライムだった展

開催情報

◉大阪会場
期間：2019年3月13日（水）～3月25日（月）
会場：大丸心斎橋店 北館14階イベントホール

◉東京会場
期間：2019年3月27日（水）～4月9日（火）
会場：松屋銀座8階イベントスクエア

◉愛知会場
期間：2019年7月20日（土）～8月4日（日）
会場：名古屋パルコ 西館6階パルコギャラリー

展示コーナー

⬅貴重なアニメ原画やコミカライズ漫画家のイラストなど見ごたえたっぷり！

『転スラ』の世界観に浸れる展示イベント！

コンセプトは〝異世界《テンペスト》への異世界旅行〟！ リムルたちが作り上げた町を楽しむイメージで、キャラクタープロフィールやオススメスポットが展示されている。作中の場面に溶け込むことができるフォトスポットも多数用意。さらに、スライムリムルに座れるスペースも!? 隅々まで『転スラ』を満喫できるイベントになっていたぞ！

フォトスポット

魔国連邦《テンペスト》での思い出が残せる！

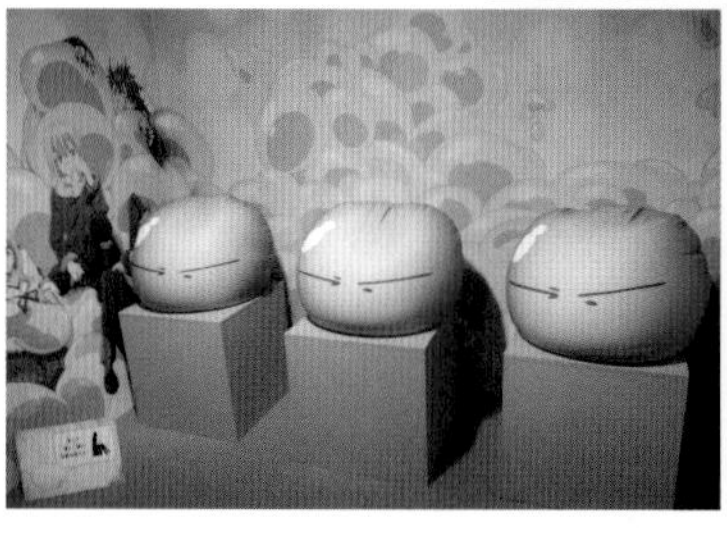

リムルの冒険の軌跡を音と映像で体感！

リムルたちに再び会える「転スラ展」第２弾！

ファン待望の「転スラ展」がさらにパワーアップして開催！「転スラ×アート」をテーマに、立体物や映像、音を組み合わせたエリアが用意された。TVアニメの映像で『転スラ』の物語を振り返るシアタースペースやアニメ原画も多数展示。音声ガイドはリムルとシュナが担当し、展示空間を案内してくれるなどお楽しみ要素も満載だった！

フォトスポット

リムルと記念撮影！

転生したらスライムだった展2

開催情報

◉東京会場
期間：2022年7月21日（木）～8月9日（火）
会場：松屋銀座8階イベントスクエア

◉福岡会場
期間：2022年9月2日(金)～9月19日(月·祝)
会場：福岡三越9階 三越ギャラリー

◉愛知会場
期間：2022年11月19日(土)～12月18日(日)
会場：テレピアビル2階 テレピアホール

◉大阪会場
期間：2023年1月3日（火）～1月16日（月）
会場：大丸ミュージアム〈梅田〉大丸梅田店15階

⬆原初の悪魔の一柱にしてリムルの執事・ディアブロにも会える！

⬆リムルの翼エリアでは、好きなポーズでリムルに成りきって撮影！

名産品に転生!?

『転スラ』が各地の新聞紙に登場していた！
美味しそうな名物姿のリムルは超貴重!?

2020年11月28日　上毛新聞

リムルがご当地

転生したら日の丸弁当だった件

Regarding Reincarnated to Hinomaru beato

転生したらスライムだった件

Regarding Reincarnated to Slime

©伏瀬・川上泰樹／講談社

シリーズ累計2,000万部突破

コミックス COMICS

『転生したらスライムだった件』

①～⑯巻好評発売中

原作：伏瀬　漫画：川上泰樹

キャラクター原案：みっつばー

発行：講談社

関連シリーズも発売中！

●転スラ日記 転生したらスライムだった件

●転生したらスライムだった件 異聞 ～魔国暮らしのトリニティ～

●転生しても社畜だった件

●転ちゅら！転生したらスライムだった件

●転生したら島耕作だった件

TVアニメ TELEVISION ANIMATION

第2期 第1部

2021年1月12日より

TOKYO MX

毎週火曜23:00～放送

BS11

毎週火曜23:30～放送

第2期 第2部

2021年7月放送決定

※放送日時は予告なく変更になる可能性がございます。

©川上泰樹・伏瀬・講談社／転スラ製作委員会

講談社 転スラ 検索

転生人語

ＷＥＢ小説を原作とし、漫画・アニメ・ゲームと幅広く展開中の「転スラ」こと、『転生したらスライムだった件』。

関連書籍累計２０００万部を突破した大人気シリーズである。

主人公のリムルは、日本のとある都市で働いていた元サラリーマン。通り魔事件に巻き込まれて死亡した彼は、自在に姿を変える「擬態」能力を持つスライムとして異世界に転生する。第二の人生を歩き始めた彼は多様な人々と出会い、やがて新たな国の王へと成長していく―。

そんな「転スラ」のＴＶアニメ第２期が２０２１年１月より全国で放送開始となる。リムルは現在、放送が予定される各地を巡り、挨拶回りという名の擬態を繰り広げているという。

全国への挨拶にふさわしい物として、リムルが擬態したのは、白いご飯の真ん中に梅干が鎮座する「日の丸弁当」だ。梅干は平安時代の医学書「医心方」に効能が紹介されているように、薬としても頼りにされてきた。そしてご飯も、弥生時代から続く稲作で磨き抜かれてきた日本の主食である。二者が織りなすシンプルな味わい深さには、日本の歴史が詰まっている。リムルも、梅干の酸っぱさで身を引き締め、新たな国の歴史を紡ぐ気合いを溜めているようだ。

2020年11月28日　朝日新聞

アニメ「転生したらスライムだった件」
プロデューサー

杉本紳朗に訊く！

PROFILE
『転生したらスライムだった件』TVアニメシリーズ・劇場版のプロデューサー。バンダイナムコフィルムワークス所属。公式Xアカウントでもおなじみの通称・杉P。

『転スラ』チームは“リアルテンペスト”なんです。

人気が爆発した『転スラ』を
プロデューサーはどう分析していたのか!?

──『転スラ』は非常にコラボレーションが多い作品なので、10周年本の制作にあたり過去の企画を掘り起こしてみました。この「捕食」企画をはじめ、素材の掲載に関して杉本プロデューサーにお問い合わせした際に「懐かしい！　広告代理店の担当の方が気合いでやってくれた案件なんですよ」とおっしゃってましたよね。

杉本　本当にそうなんですよ！　とにかくアニメのプロモーション初期は、どうやって『転スラ』を世の中にアピールしていくかということが重要なので、作品へのタッチポイントを増やすにはどうしたらいいかが課題だったんです。その上で、『転スラ』ってどんな作品なのかを考えたときに、やっぱり「みんなで楽しい国を創る」というテーマかなと思いました。「楽しい国創りのために仲間を増やす」、それに則って何でもやってみようという気持ちがチームにありました。

──リアルにリムルたちみたいですね（笑）。

杉本　リアルテンペストです（笑）。企業様にもそういった気持ちでアプローチをしましたし、それが『転スラ』という作品ならではのやり方だったと思います。そしてやっぱり、リムル＝スライムというキャラクターの汎用性の高さですよね。いじりやすいし何にでもなれる。それと、伏瀬先生やみっつばー先生、コミカライズの川上泰樹先生がとても柔軟な方々なのも大変ありがたかったです。出版社のみなさんも含めて「やっちゃいましょう」という姿勢なのが心強かったですね。

──それこそスライム的な柔軟さというような。

杉本　たしかに（笑）。あと、『転スラ』のアニメ化企画が立ち上がり、製作委員会が組織されていく中で、『転スラ』ファンのスタッフがすごく多かったんですよ。だから、「『転スラ』だったらこういうのもアリだよね」という考えもスムーズに意思疎通できたんだと思います。

──杉本さんが思っている以上に、『転スラ』がすでに浸透し始めていたんですね。

杉本　僕が遅かったぐらいでした（笑）。その点で言えば、協力をご相談した企業の担当者の方々にも『転スラ』ファンが多かったというのは、偶然であり必然でもあり。それもあって今回とりあげていただいているような企画が実現して、波に乗れたというのはあります。ただ、やっぱりアニメ放送するまでは不安も多かったですね。僕自身はこの作品が絶対に大きくなると信じていましたが、見てもらわないことには面白いと思ってもらえる

2018年10月10日　幸楽苑

2018年9月10日　岩下の新生姜®

転スラ
スライムのリムル氏
捕食事件の真相を語る
本誌独占取材
連続捕食事件を追え!!
特捜班レポート③
刺激的な超接近
NEW GINGER MUSEUM
「これはショウガでショウか?」いいえ、スライムです!
これは間違えても、ショウガない…
岩下の新生姜
ついに謎の生命体「スライムのリムル」氏への直接インタビューに成功した。■月●日、本誌記者が「岩下の新生姜ミュージアム」（栃木県栃木市）を訪れた時のこと。設置してあった巨大生姜モニュメントが、突如動き出したのだ！
驚いたのも束の間、それが擬態した「スライムのリムル氏」であることに気がついた記者は、ただちにインタビューを敢行。快諾したリムル氏は、一連の行動の目的を語ってくれた。
リムル氏は「10月1日より放送のTVアニメ『転生したらスライムだった件』を世に知らしめるため、皆の力を借りに来た」という。当該番組はTOKYO MX、BS11、MBS他にて放送とのこと。皆様の周囲にもリムル氏が出現する可能性があるので、遭遇した際にはぜひ情報を寄せてほしい。
【情報提供先⇩@ten_sura_anime】
© 川上泰樹・伏瀬・講談社／転スラ製作委員会
この新聞は全てフィクションです。実際の商品化やキャンペーンの予定、実在の人物・団体との関係などは全くありませんが、
秋より放送のTVアニメ『転生したらスライムだった件』とは(ぶっちゃけ)関係があります。　協力：岩下食品

※岩下の新生姜®のパッケージは2018年9月当時のものです。

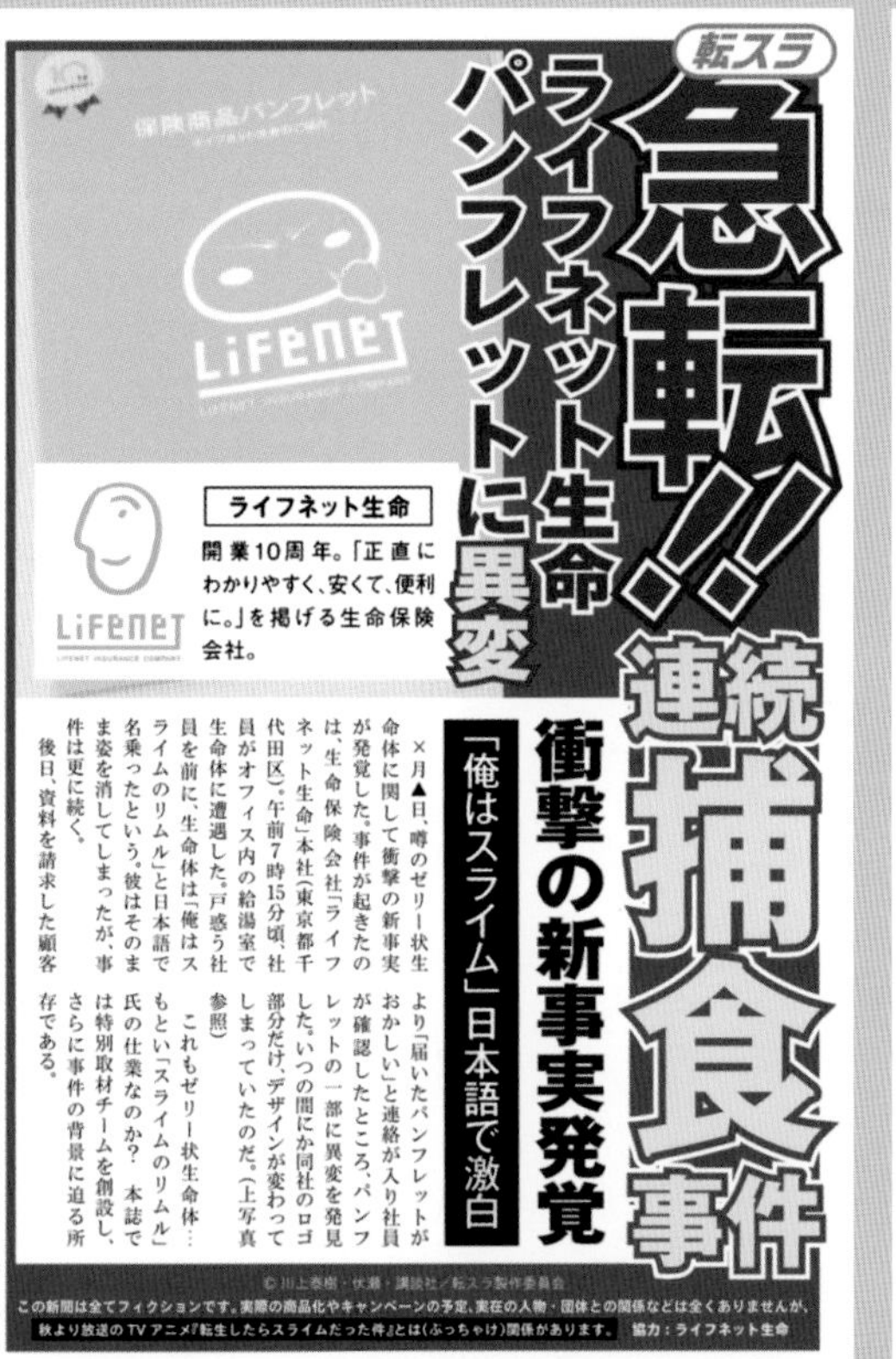
転スラ
急転!!
ライフネット生命
パンフレットに異変
保険商品パンフレット
ライフネット生命
開業10周年。「正直にわかりやすく、安くて、便利に。」を掲げる生命保険会社。
連続捕食事件
衝撃の新事実発覚
「俺はスライム」日本語で激白
×月▲日、噂のゼリー状生命体に関して衝撃の新事実が発覚した。事件が起きたのは、生命保険会社「ライフネット生命」本社（東京都千代田区）。午前7時15分頃、社員がオフィス内の給湯室で生命体に遭遇した。戸惑う社員を前に、生命体は「俺はスライムのリムル」と日本語で名乗ったという。彼はそのまま姿を消してしまったが、事件は更に続く。
後日、資料を請求した顧客より「届いたパンフレットがおかしい」と連絡が入り社員が確認したところ、パンフレットの一部に異変を発見した。いつの間にか同社のロゴ部分だけ、デザインが変わってしまっていたのだ。（上写真参照）
これもゼリー状生命体…もとい「スライムのリムル」氏の仕業なのか？　本誌では特別取材チームを創設し、さらに事件の背景に迫る所存である。
© 川上泰樹・伏瀬・講談社／転スラ製作委員会
この新聞は全てフィクションです。実際の商品化やキャンペーンの予定、実在の人物・団体との関係などは全くありませんが、
秋より放送のTVアニメ『転生したらスライムだった件』とは(ぶっちゃけ)関係があります。　協力：ライフネット生命

2018年10月10日　ライフネット生命

かわからないじゃないですか。それが、色々な方々の協力もあって、ありがたいことに評価もしていただけました。本当にこのチームでやってこれて良かったと思います。

――アニメ『転スラ』が動き出して6～7年ですが、ここまできて感慨深かった出来事はありますか?

杉本　やっぱり『転スラ』を応援してくれる方々の顔が見られたときですね。コロナ禍がだいぶ収まってきてから劇場版の公開があったのですが、たくさんの方が観に来てくれました。コロナ禍の前も、「転スラ展」では小学生や中学生の皆さんもとても多かったんですよ。そうやって幅広い世代に受け入れられているのも強みだと思います。

――あらゆる層にアプローチできてますよね。タイトルも「○○だった件」で何とでも言えるという（笑）。

杉本　タイトル、リムルというキャラクター、それとアニメならではの強みでいうと大賢者のグラフィックですよ。これはエイトビット（アニメ『転スラ』制作会社）さんの大発明ですね！　コラボの際に転スラ感も出しやすいし、大賢者がなんでも説明してくれますから（笑）。リムル＋大賢者という組み合わせが、あらゆるコラボを可能にしたんだと思います。

――きっとこれからも、驚くようなコラボで楽しませてくれると思います。そんな『転スラ』が10周年を迎え、「次の10年」に向かっていくわけですが、杉本プロデューサーの今後の展望を最後にお聞かせください！

杉本　これはもう各所でお話ししていることではあるのですが、僕の目標は『転スラ』を最後までアニメ化することです。そして20周年で完結！　これが達成できたら最高ですね。そのためには初心を忘れずに、何でもやります！

転スラ
またまた出現スライム
捕食の後には…?
連続捕食事件を追え!!
特捜班レポート②
ウッカリ手にとる完成度
「新パッケージではありません」
mundipharma
（ムンディファーマ株式会社）
先日の事件で、捕食したものに擬態する性質が判明になったゼリー状生命体「スライムのリムル」。▲月★日、彼による新たな「連続捕食事件」が発生した。
事件が起きたのは●●県●●市のドラッグストア。店員が商品棚を整理していたところ、普段とは違う棚に置かれた、最近入荷したばかりの新商品「イソジン®クリアうがい薬A」を発見。不審に思い手を伸ばすと、突如その「イソジン®」が喋り出したという。
彼は店員に何かを伝えようとしたが、いつの間にか姿を消していたとのことである。
これまでの事件同様、これはスライムが擬態したもの。有名な「イソジン®」の効果を知り、身体を殺菌消毒するために商品を求めたのだろうか？だとしたら、無色透明な液体の捕食ではなく、ポンプ式のボトルを捕食した目的とは？
特捜班は引き続き調査を続ける方針だ。【情報提供は報道局専用ツイッターへ】
イソジン® クリア うがい薬
アップル風味
(無色透明)
イソジン®
指定医薬部外品
イソジン®クリアうがい薬A
口腔内およびのどの殺菌・消毒・洗浄、口臭の除去
®：イソジンはムンディファーマの登録商標です。
© 川上泰樹・伏瀬・講談社／転スラ製作委員会
この新聞は全てフィクションです。実際の商品化やキャンペーンの予定、実在の人物・団体との関係などは全くありませんが、
秋より放送のTVアニメ『転生したらスライムだった件』とは(ぶっちゃけ)関係があります。　協力：ムンディファーマ

2018年9月10日　イソジン　※2018年プロモーション実施時のデザイン。

2021年7月1日～　三幸製菓　チーズアーモンド・丸大豆せんべいキャンペーン

2022年1月17日 Jリーグ「FUJIFILM SUPER CUP 2022」

2020年11月26日 日清のどん兵衛

2020年2月17日 SUUMO

2020年5月22日『パックマン』

この絆、守り抜く
強さの、その先へ
劇場版
転生したらスライムだった件
紅蓮の絆編
全国劇場にて
大ヒット公開中！
転生したら剣でした
Reincarnated as a Sword
TVアニメ放送中！
©棚架ユウ・るろお／マイクロマガジン社／転剣製作委員会 ©川上泰樹・伏瀬・講談社／転スラ製作委員会

2022年12月21日 TVアニメ『転生したら剣でした』 デザイン：CHProduction TVアニメ『転生したら剣でした』第2期制作決定！

2021年12月28日 TVアニメ『賢者の弟子を名乗る賢者』

18巻特装版ミニ画集 カバーイラスト

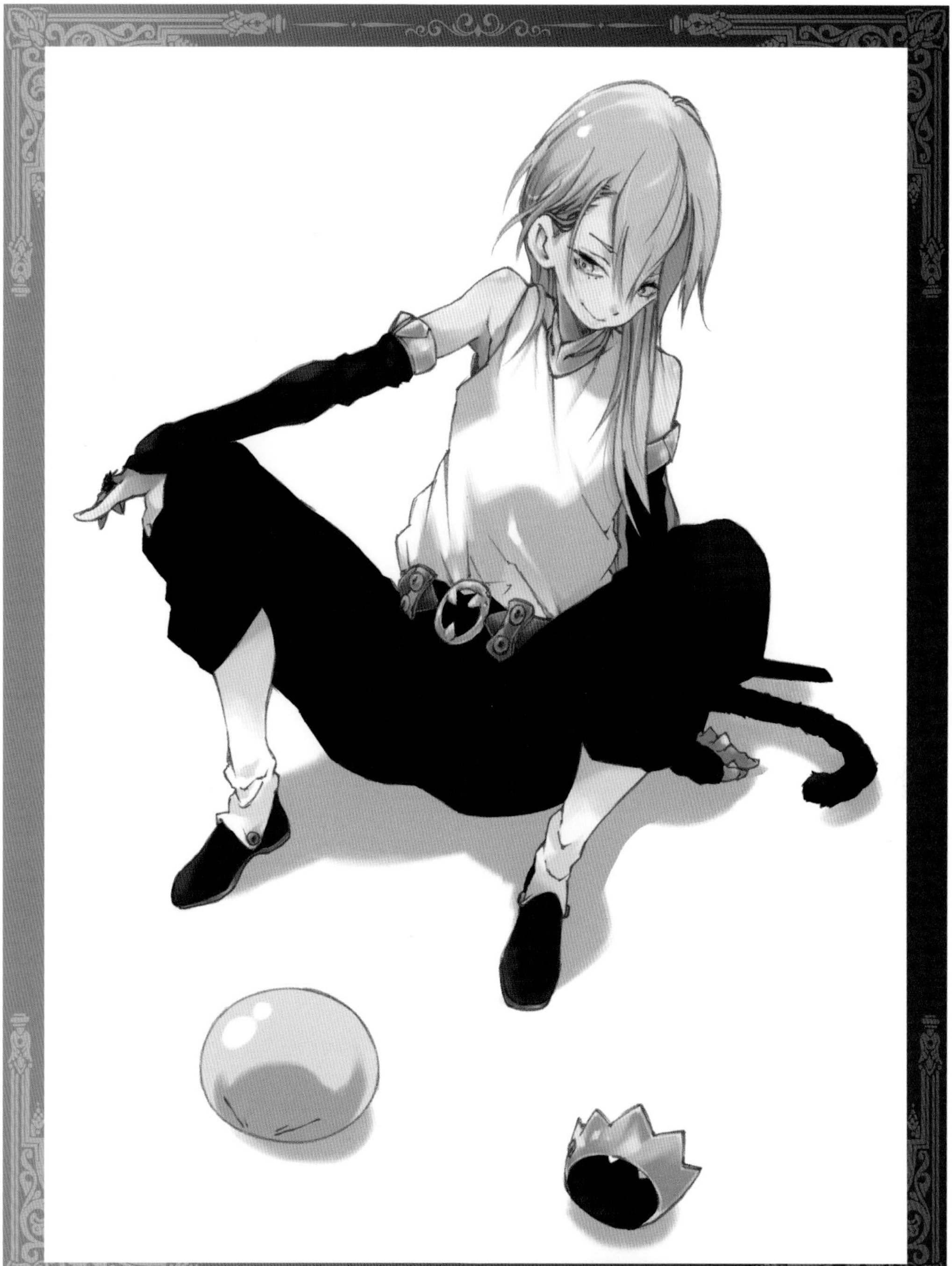

20巻 箔押しポストカードセット付特装版イラスト

転スラX カバーイラスト 没案

伏瀬先生書き下ろし小説

ミザリーの同僚評価

知られざるミザリーの本心

ミザリーの同僚評価

私の名前はミザリーと申します。

魔王ギィ様に仕える忠実なる配下にして、人間社会の監視者ですわ。

私には、〝緑の使徒《ヴェルト》〟のような手駒が無数にいます。数多《あまた》の国家に私の信奉者を潜り込ませていますので、不穏な動きがあれば直ぐに察せられるのですわ。

だって、人間とはとても愚かな生き物ですもの。

私達が管理してやらねば、直ぐに滅びの道へと進んでしまうでしょう。

そうならぬように管理するのがギィ様の役目であり、私達はそんなギィ様の御心に従うのみなのです。

しかし、ギィ様は役目とは別に、御友人であらせられる〝勇者〟ルドラとの約束も御座いました。長きにわたる年月を費やし、御二方の戦いは繰り広げられたのです。

これによって、人類社会には大いなる災いが降り注ぎますので、これを防ぐのも私共の役割でした。

これがまた、大変でして……。

ルドラ様が支配されておられた東の帝国の脅威に備えるべく、西側諸国も一致団結させねばなりませんでした。

それなのに、あのバカ共は……。

ロッゾ一族という同族喰らいが各国王家に散らばっているせいか、まとまりがあるようでいて肝心な時にはいがみ合う始末。危機に瀕しても権力争いに明け暮れる愚物共に同じ方向を向かせるのは、皆様が想像している以上に疲れるものなのですよ。

それでも、やらねばなりません。

私は、私の手駒達を自分の手足の如く駆使して、今日に至るまで全力を尽くしていたのです。


そんな私ですが、勿論一人だけで頑張っていた訳ではありません。

同僚には、レインという頼もしい存在もいました。

レインは人で例えると兄弟姉妹のような関係に近い、同格の原初たる存在。私が原初の緑《ヴェール》で、あの子が原初の青《ブルー》なのです。

遥か昔、あの子の提案でギィ様に勝負を挑み、そして敗北。その日以来、私達はギィ様に付き従うようになったのでした。

レインは優秀で、とっても可愛い子なのです。

芸術関係なんて、本当に凄まじい才能を発揮しているわ。

歌も踊りも演奏も、絵画や彫刻だって。どれもこれも至高の領域に辿り着いていました。

惜しむらくは、滅多に本気にならないことかしら。

常に六割程度の力しか発揮せずに、そつなくこなしちゃうのよ。

仕事だってそう。

いつも手を抜いているように見えるけど、それでも一流レベルの仕上がりなのです。

もっと頑張れば、超一流になれるのに……。

もっと高みを目指すつもりはないのと問うた事があるのですが、その時は「面倒だからパス」と素っ気なく答えられてしまいました。

それが本音なのだと知って、唖然としたわ。

でもね、私は素直なレインが大好きなのです。

たまに失敗したりするけど、それもまた愛嬌なのよね。

今風に言うと、ポンコツ可愛い、というヤツでしょうか？

もしかしたら間違っているかも知れませんが、私の気持ちは伝わったものと信じましょう。

レインについてですが、先程も申しました通り、色々とやらかす子なのです。

普段は至って真面目で、仕事も完璧にこなすのですが、たまに思いつきで行動する面もあるのよね。

そしてそういう場合、何故か私も巻き込まれるのです。

でも、嫌じゃないわ。

不思議な事にね、レインの行動は成功した場合は当然として、失敗という結果になろうとも状況的には好転する、といった感じになるからよ。

最初の大失敗であるギィ様への挑戦だって、結果的には〝名付け〟までしてもらえたのだもの。

ギィ様は意外と優しいところもありますし、私達の事も重宝していただいています。

傲慢で冷酷非道な絶対君主というイメージですが、それは無能者や愚物にとっての話なの。私達にとっては、偉大な主なのですわ。

原初の白《ブラン》──今はテスタロッサだったわね──に喧嘩を売って、泣かされて帰って来た事もありました。

ですがあの時だって、結果的には数多の都市を救ったのよね……。

今よりも荒れていた頃の彼女《テスタロッサ》は、冷徹にして無慈悲な白き女王だったもの。

世界を清浄なる白で塗り潰す、最悪の悪魔。

ギィ様に続いて誕生しただけあって、テスタロッサの力は絶大なのよね。

それにも増して、彼女の知略が恐ろしいの。

原初の紫《ウルティマ》や原初の黄《カレラ》なんかと競争《ゲーム》しているのだって、テスタロッサを放置していたら危険極まりないと判断したディアブロが仕組んだ結果だし。

だから私達も邪魔したりせず、三《さん》竦《すく》みの関係が維持されるのを見守っていたのよ。

テスタロッサだって、それを理解しているでしょうね。それでもディアブロに手玉に取られたと認めるのが嫌だから、戯《たわむ》れ気分でお遊びに付き合ってあげているのよ。

彼女にとっては、ウルティマやカレラが二人がかりでも脅威ではないはず。だからルールとして、〝原初本人は参加せず、配下のみで受肉を成就させる〟と定められているのだわ。

ディアブロって、本当に抜け目のないヤツですこと。そういうところだけは、本気で尊敬していますわ。

で、話を戻しますけど。

そうしたゲームが始まる以前の、絶賛勢力拡大中だったテスタロッサを相手に、レインは挑んだのです。

理由は何だったかしら？

まあ、どうせ大したものではなかったでしょうし、それは置いておきます。
大事なのは、結果。
先程述べました通り、レインの負けですわ。本人は「引き分け」だと言い張って、決して認めてはいませんでしたけどね。
実際、私も最近になって彼女と対峙したのだけど、アレは厳しいなと思いましたもの。

レインが戦った時はまだ受肉していない状態だったから、かろうじて無事だったようなものでしょうし。もしもテスタロッサと同条件で戦っていたとしたら、間違いなくレインが敗北していたでしょう。

でも、挑んだ点だけは評価出来るのよ。

後付けの理由になりますが、レインはテスタロッサの怒りを鎮火させるのに成功していたようでして。結果的には良かったのです。

もしかしたら、レインのポンコツ具合に気が抜けたとか――いえいえ、そんな事はないでしょうとも。

ともかく！

レインのお陰でテスタロッサの侵攻は中断されて、滅ぼされそうになっていた無知なる者達が救われたのです。

この時は珍しく、ギィ様もレインを褒められたのですわ。

このように、レインのやらかしぶりを紹介していてはキリがありません。

でもね、その全てが最終的には好転しているの。これって本当に凄い事でしょう？

そうそう！

一番最近の失敗だって、結果的には成果を出しているのよね。

私達はギィ様に従い、魔王レオン様が支配する黄金郷《エルドラド》を防衛する流れになったのですが、それはその場面で起きた出来事でした。

出撃に際して、レインが『私も、今日は本気を見せるつもりです』と宣言したのね。その時期のレインはいつになく真面目に訓練に励んでいたので、私もその言葉を信じたのよ。

あの子、やれば出来る子だから。

普段も隠れて特訓しているし、私以上に強くなる事に貪欲《どんよく》なのよね。

レインが本気で戦ったなら、私よりも強いんじゃないかしら？

久しぶりにレインの本気が見れそうだという期待もあって、私は戦いを楽しみにしていたほどよ。

ところが！

立ち塞がったピコとガラシャを前にして、レインはとってもやる気がなさそうでした。

理由を聞いてみたら「寒いから」ですって。

本気で呆れたわ。

そりゃあ確かに、ヴェルザード様が吹雪を発生させていたから、生物には耐えられないほどの極寒の地に変貌していましたけど……それでも、私達は悪魔族《デーモン》なのです。精神生命体なのだから、物理的な寒さや暑さなどに影響を受けるはずがないのですよ。

ですから、レインの発言は単なる言い訳に過ぎません。

他の理由があるはず――と思ったら、続けて本音を暴露していました。

どうして嫌ってもいない相手と戦わないといけないのか、と。

いやいや、戦いとはそういうものでしょう？

命じられたら敵を葬るのが、我々の仕事じゃないですか。それなのに、何を甘えた事を言っているのか――と思ったらですよ、敵であるはずのピコやガラシャまでも、レインの言葉に賛同したのです。

これには唖然としました。

私だけが真面目に戦う気だったのが、逆に恥ずかしいと思えてしまうじゃないですか……。

釈然としないまま、いつものように私も巻き込まれました。

気が付けばカマクラの中で、酒盛りが始まっていたのです。

しかも、焼き芋まで。

出されるお酒はどんどん美味しくなるし、どう考えても市販されているような安酒ではありませんでしたね。

私だって西側諸国に情報網を張り巡らせていますので、古今東西の珍味や高級食材などにも精通しています。それなのに知らないという事は、どこか特殊な——それこそ、新興の魔物の国とかでのみ取引されているような希少品なのだろうと察せられました。

そんな高級酒の空き瓶が、即席のカマクラ内に散乱しています。

信じられませんでしたが、それが現実でした。

これは酷いと思いましたとも。

酷いと思っていたのだから、止めるべきだったのです。

状況に流された私が悪いですね。当然ながら、後で物凄く怒られました。

魔王レオンを筆頭に、我等が主であるギィ様までもが戦っている最中の酒盛りなので、言い訳のしようもありません。

ですが、ここからがレインの凄いところなのです。あの酒盛りの最中でも、キッチリと有用な情報を仕入れていたのよね。

しかも、普通に聞いたって絶対に教えてくれないような、貴重な情報もありました。

ピコやガラシャを捕らえて拷問したとしても、絶対に口を割らなかったと思うわ。という事は、レインのやり方が正解だった、とも考えられる訳でして……。

レイン自身、『——むしろ、褒めてもらっても差支えないかと！』なんて言ってたけど、本気で良い事をしたと考えている節があるわね。

そういう事を言っちゃうからギィ様が怒って、余計にお仕置きの時間が長くなるのよ。

でもまあ、そういう図太いところも可愛らしい、と思えるのだけど。

ギィ様も態度は怒っていましたが、それは本音ではなかったと思うわ。

呆れつつも、感心していたのではないかしら？

私の三倍くらい長く正座させられていましたが、その程度で済んだのだから間違いなく愛されているでしょう。

そんな感じで、レインは思い出したかのように失敗する子なのですけど、それが全て上手くいくという不思議な運気を持っているのよ。

ただでさえ可愛いのだから、私があの子に全力で乗っかるのも当然というものでしょう？

そう思っていたのですが、意外と周囲からは違って見えるようでして……。

ある日、私はギィ様から呼び出されました。

「お前よう、いつまでレインの尻拭いをしてやるつもりだ？」

いきなりそう問われて、私は戸惑いました。

「何を仰られるのでしょうか？　あの子は優秀ですわ」

そう返答しますと、ギィ様が大きく溜息を吐かれたのです。

「ここ最近、レインが遊び歩いているようだが、お前は知ってんのか？」

「遊びではなく、潜入調査で御座います」

「は？」

「え？」

ギィ様が唖然と私を見つめましたので、私も思わず戸惑ってしまいました。

レインはたまに〝白氷宮《はくひょうきゅう》〟を抜け出して、フラリといなくなる事が御座います。ギィ様の指摘はその事を指しているのでしょうが、私は知っているのです。

「レインがイングラシア王国に出向いている件で御座いますよね？」

「あの野郎、姿が見えないと思えば、そんなとこまで出向いてやがんのか……」

「はい。私も不審に思いましたのでミソラを問い詰めたのですが、レインは自分の目で見て、人間達を観察したいと言っていたとの事ですわ」

ミソラはレインの副官で、公爵級の実力者です。とても有能で、陰日向《かげひなた》なくレインの為に働いているのですわ。

そんなミソラの口を割らせるのは大変でしたが、口裏を合わせなければいざという時に大変ですものね。

でも、ちゃんと仕事しているようで安心しました。

てっきりサボッているのだろうと疑ってしまって、レインには悪い事をしたわ。

罪悪感を覚えてしまいましたよ。

「……ふむん。お前はそれを信じたのか？」

「え？　勿論で御座います」

「そうかよ……」

「はい。それと、補足させて下さいませ。レインの行動は最近始まった訳ではなく、定期的に行われているようですわ。以前は『遍在《ミスト》』に身代わりをさせていたので気付きませんでしたが、今回はそれもサボッているようです。どこまでも大胆になったというか、実にあの子らしいではありませんか？」

ミソラがいるから、レインがいなくても仕事は回るのです。

これまでもずっとそうやって、私達は上手くやってきました。

あら？

そう考えるとレインの必要性って……いいえ、それは考えてはダメね。

レインは大事な子。

そこにいるだけで、私の力になってくれるのだもの。

レインはサボッている訳ではなく、自分のしたい仕事だけをしているだけなのです。

それも、堂々と。

なので、私からは何も申す必要はないのです。

レインが必要だと感じて人間観察を行っているのだから、それを助けるのが同僚たる私の役目なのですわ。

「……お前はそれでいいのかよ？」

「えっと、何がで御座いましょう？」

「いや、いい」

ギィ様は何故か、疲れたような表情を浮かべました。

そして「そういうトコがお前の残念な点だぜ」と呟かれたのですが、一体何の事でしょう？

まさか、私の評価でしょうか？

まったく心当たりがないので、解せぬ気分になりましたが……。

ギィ様が納得されているようなので、私としては意見など御座いません。

スウ——ッと、御前を失礼したのでした。


レインから伝言があると、ミソラがやって来ました。

ミソラは仕事の出来る女悪魔なので、私との打ち合わせも多々あります。

私の直属であるカーンよりも多いけど、少し不思議ですね。

昔は私相手に緊張していたミソラですが、今では普通に接しています。

仕事に追われているからか、気を使っている余裕がないようですわ。

そうした点が、レインに劣るところなのよ。

どんな時でも、心に余裕を持たなければね。

まあ、ミソラがレインに及ばないのは仕方ないのですけど。

「ミソラ、レインは何て言っていたの？」

「あ、はい！　ええと、今度はですね……イングラシアにある隠れ家《が》の内装を豪華にしたいらしく、ミザリー様には手配をお願いしたい、と」

あらまあ。

しょうがない子ね。

また〝緑の使徒《ヴェルト》〟に命じて、大工や商人を紹介してあげなければなりませんわ。

あの子、ビルの一室に事務室が欲しいとか、郊外に豪邸を建ててだとか、魔法大学に入学したいから教授を紹介しろだとか、いつもいつもおねだり上手なのよ。

「仕方ないわね。何とかするわ」

「えっ!?」

「ん？　どうかしたの？」

「あ、いいのかなって——違ッ、いいえ！　感謝します。ありがとうございます!!」

何か言いかけたミソラでしたが、途中で慌てるように口を噤《つぐ》み、ペコペコと頭を下げて感謝してくれました。

ちゃんと応じてあげたのに、ミソラが困惑しているのは何故かしら？

レインが人間観察に必要だというのなら、何でも用意してあげるのが同僚たる私の役目なの。それなのに感謝するだなんて、ミソラも不思議な子ですこと。


――だからよう、お前はこれ以上レインを甘やかすのはヤメロって――


おやおや？

ギィ様の呆れたような声が聞こえたような……。

フフフ、きっと気のせいですわね。

色々と巻き込まれるのは大変だけど、これからも私はレインと一蓮托生で頑張る所存なのですわ。

Fin

Regarding Reincarnated to Slime
Story by Fuse, Illustration by Mitz Vah

あとがき

早いもので、気が付けば

『転スラ』も10周年を迎える事となりました。

正直、あっという間でした。

上だけ見ながら山を登っているようなもので、

ふと正気に戻ると足が震えます。

下を見ると進めなくなるヤツ。

ですので、悩まずこのまま突き進み、

最終巻まで書き上げたいと思っております！

残り巻数が１巻で終わるかどうかは、

この記念本の中でも議論になっていました。

諦めていないのは、原作者である私のみという話もありますが、

今はともかく頑張るのみ。

最後まで応援してくださいますよう、

引き続き宜しくお願いします‼

伏瀬

2023.10

リムル達、そして読者皆様にと
歩んだ10周年…
ほんとにありがとうございます!!

転生したらスライムだった件 10th ANNIVERSARY BOOK
転スラX

2023年12月8日発行

著者　**伏瀬**

カバーイラスト　**みっつばー**

構成・執筆
樹想社（樋口真弘　石綿 寛　松本光博）
栩野葉子　富樫奈々

カバーデザイン　横尾清隆

本文デザイン　武藤多雄
小松 昇（ライズ・デザインルーム）

発行人
子安喜美子

編集
並木愼一郎　伊藤正和

協力
マイクロマガジン社 GCノベルズ編集部
講談社 シリウス編集部
バンダイナムコフィルムワークス
DMM STAGE

印刷所
株式会社エデュプレス

発行
株式会社マイクロマガジン社
〒104-0041
東京都中央区新富1-3-7 ヨドコウビル
［販売部］TEL 03-3206-1641 ／ FAX 03-3551-1208
［編集部］TEL 03-3551-9563 ／ FAX 03-3551-9565
https://micromagazine.co.jp/

ISBN978-4-86716-501-0 C0093

『転スラ』最新情報は
【公式】「転生したらスライムだった件」
ポータルサイトをチェック！